W0394226

Mama,
Du bist nicht allein

Wahre Kurzgeschichten über die Herausforderungen des Mutterseins

Andrea Bruchwitz

1. Auflage 2021

Deutsche Originalausgabe
ISBN: 9798734461860

Hinweis zu Urheberrechten

Sämtliche Inhalte dieses Buches sind urheberrechtlich geschützt. Das Buch ist nur für den persönlichen Gebrauch und auf eigenen mobilen Endgeräten freigegeben. Die eigene Vervielfältigung, Weiterverbreitung oder öffentliche Wiedergabe ist untersagt und bedürfen der Zustimmung der Autorin.

© Andrea Bruchwitz, 2021

Covergestaltung: Vikam Media | München

Lektorat: Carolin Flum

Korrektorat: Stephanie Bruchwitz

Alle Rechte vorbehalten, auch auszugsweise.

www.mamadubistnichtallein.com

Für Sabrina und Marleen

Vorwort

Der Weg in die Mutterschaft ist eine wunderschöne und zugleich mutige Entscheidung, denn dadurch verändert sich einfach *alles* in Deinem Leben. Es gibt keinen Bereich, der davon unberührt bleibt, und das bringt einige Herausforderungen mit sich.

Natürlich schenkt ein Kind unsagbar viel Liebe und Mutterglück, aber zugleich stellt der Nachwuchs auch alles auf den Kopf und wirft Dich aus Deiner gewohnten Komfortzone heraus.

Dein ganzes Leben wird einer harten Probe unterzogen und die Arbeit beginnt erst hinter geschlossenen Türen. Fernab von Glückwünschen und Geschenken müssen sich Mütter gelegentlich durch schwierige Zeiten kämpfen und vieles mit sich selbst ausmachen. Und dabei stößt jede Frau mal an ihre Grenzen oder sinkt erschöpft zusammen, obwohl es nach außen hin gar nicht danach aussieht.

Diese Kurzgeschichten haben ihren Weg zu Dir gefunden, um eine wichtige Botschaft zu überbringen: Stress, Müdigkeit, Ratlosigkeit, Probleme beim Stillen, Gewissensbisse und Beziehungskrach – damit hadert zuweilen jede Mutter, und manchmal jagt ein dunkler Gedanke den nächsten…

Bin ich die einzige Mutter, die beim Stillen vor Erschöpfung weint?

Ich werde hier noch verrückt, darauf hat mich niemand vorbereitet.

Was mache ich nun wieder falsch?

Ich fühle mich total hilflos, warum habe ich davon noch nie was gehört?

Keine Sorge, mit solch aufwühlenden Gedanken bist Du nicht allein. Allerdings gibt Dein Kind meist den Tagesrhythmus vor und lässt wenig Zeit für den Austausch mit anderen Müttern. Und sogar, wenn es diese Zeit gäbe, stünde einem ehrlichen Gespräch noch eines im Wege: Unsicherheit. Die Angst vor Verurteilung kann lähmend sein, denn bei anderen Müttern sieht alles immer viel einfacher aus.

In flüchtigen Gesprächen am Spielplatzrand und in den sozialen Medien wird das Muttersein sogar häufig mit einer bunten Glitzerschicht überzogen oder extrem einseitig beleuchtet. Kann man wirklich rund um die Uhr mit einem frischgeschminkten Gesicht in die Kamera strahlen und nebenbei lässig ein Baby stillen? Wie ist es möglich, nach der Geburt weder dunkle Augenringe noch Dellen an den Oberschenkeln zu haben? Und warum streiten sich andere Paare mit kleinen Kindern eigentlich so selten?

Kaum eine Mutter zweifelt öffentlich an ihren Fähigkeiten oder spricht jene Worte laut aus, die so befreiend wären: «Herrgott nochmal! Was für eine undankbare

Aufgabe! Ich liebe mein Kind, aber ich kann einfach nicht mehr. Es reicht jetzt!»

Und so beginnen in aller Stille die Zweifel zu wachsen und die stummen Tränen zu fließen. Diese Blockade gleicht einem großen schwarzen Elefanten, der ständig im Raum herumtrottet und nichts außer Scherben und Unordnung hinterlässt. Dennoch will sich niemand über diesen Elefanten beschweren, denn möglicherweise bemerken ihn die anderen Mütter gar nicht. Oder schlimmer noch: Vielleicht ist er ein Indikator dafür, dass man selbst eine überforderte Mutter ist, oder sogar eine schlechte Mutter.

Es ist an der Zeit, über diesen großen schwarzen Elefanten im Raum zu sprechen, denn starke Frauen auf der ganzen Welt vollbringen für ihre Kinder täglich eine Meisterleistung. Dennoch wird viel zu selten darüber gesprochen, welche Opfer sie dafür bringen und was wirklich in ihrem Herzen vorgeht.

Warum spricht eigentlich niemand aus, womit sich Mütter wirklich herumschlagen?

Eine gute Mutter darf auch mal weinen, wenn sie über die Höllenschmerzen der Geburt oder ihre aufgeplatzten Brustwarzen spricht. Eine gute Mutter darf wütend ins Kopfkissen boxen, weil sie nicht mal Zeit für einen entspannten Toilettengang hat. Eine gute Mutter darf über die Frage lachen, wann sie das letzte Mal genüsslich mit zwei Händen gekocht oder mit ihrem Partner geschlafen hat. Eine gute Mutter darf fluchen, lachen, weinen, schreien, stöhnen und auch mal darüber sprechen, dass sie am liebsten ohne ihr schreiendes Baby einige Tage in den Urlaub fahren würde.

Ist das normal?

Ja, das ist vollkommen normal.

Aus diesem Gedanken heraus ist dieses Buch entstanden, denn jene Mütter, die sich jeden Tag einer neuen Herausforderung stellen und ihre Tränen im Alltag wegwischen, sollen endlich als Heldinnen gefeiert werden. Diese Frauen jonglieren mit acht Feuerbällen gleichzeitig, ohne auch nur einen einzigen davon fallenzulassen. Es ist nun an der Zeit, diese Mütter zu Wort kommen zu lassen und ihre Geschichten zu erzählen, oder andersherum gesagt: über den schwarzen Elefanten im Raum zu sprechen.

In den folgenden Kurzgeschichten erlauben echte Mütter einen schonungslosen Einblick in ihren Alltag, um anderen Frauen neuen Mut zu machen. All diesen Erzählerinnen ist gemein, dass sie ihr Herz öffnen und über chaotische Lebensbereiche sprechen, die nicht dem Instagram-Idealbild entsprechen. Jede Kurzgeschichte beleuchtet andere Facetten der Mutterschaft, es geht unter anderem um Liebe, Vorfreude, Alltagsstress, angeknackste Freundschaften, Geburtstraumata und den Wiedereinstieg ins Berufsleben.

Es ist wirklich erstaunlich, welche Geschichten das wahre Leben erzählt, wenn man sich geduldig hinsetzt und aufmerksam zuhört.

Nichts in diesem Buch wurde erfunden, maßlos übersteigert oder hinzugedichtet, alles ist tatsächlich so geschehen. Nur kleine Rahmenbedingungen wurden zum Schutz der Erzählerinnen abgeändert, wie Namen oder Orte.

Vielleicht findest Du Dich in einer Kurzgeschichte wieder oder entdeckst gewisse Themen, mit denen Du persönlich zu hadern hast. Womöglich wurde Dir dieses Buch auch mit dem liebevollen Hinweis geschenkt, ein ganz bestimmtes Kapitel zu lesen. Erlaube Dir einen authentischen Einblick in das Leben anderer Frauen und mache Dir eines bewusst: Du bist eine wundervolle Mutter, auch wenn nicht immer alles nach Plan verläuft. Fühle Dich von allen Müttern auf der Welt und vom ganzen Universum umarmt. Beim Lesen dieses Buches wirst Du erkennen, dass andere Frauen ihre intimsten, schönsten und traurigsten Gedanken mit Dir teilen möchten.

Liebe Mama, Du bist nicht allein.

I

Jeder Vergleich wirft Schatten

«Wir kriegen das hin, meine Maus, und jetzt ruuuhig», murmelt Luisa.

Sie hält ihre weinende Tochter in den Armen und redet beruhigend auf sie ein, doch das kleine Mädchen schreit unaufhörlich weiter und wird mit jedem Atemzug lauter. Luisa nickt ihr aufmunternd mit großen Augen zu und sagt immer wieder die gleichen Worte, obwohl schon die erste Silbe vom lauten Weinen verschluckt wird.

«Autsch!»

Plötzlich durchfährt ein stechender Schmerz ihre Stirn und lässt sie heftig zusammenzucken.

«Ach Mensch, jetzt höre doch bitte auf zu weinen. Was willst du denn?»

Sie beißt sich auf die Lippen und bemerkt, wie heiße Tränen über ihre Wangen kullern. Luisa greift mit der linken Hand nach Ohrstöpseln, die neben einer angebrochenen Packung Studentenfutter und einer Wasserflasche auf dem Tisch liegen.

«Nico», ruft sie erschöpft über ihre Schulter hinweg, «komm‘ bitte mal her, ich kann nicht mehr.»

Mit einem Putzlappen in der Hand und Schweißperlen auf der Stirn stolpert ihr Ehemann ins Wohnzimmer.

«Es tut mir wirklich leid», schluchzt sie und hält ihm das kleine Mädchen hilflos entgegen.

«Du musst sie nehmen. Ich brauche fünf Minuten.»

«Hat sie schon getrunken?», stößt er mit einem liebevollen, aber ungeduldigen Unterton hervor.

«Ja, aber sie schläft nicht ein», seufzt Luisa.

Beide schauen sich einen Moment lang ratlos in die Augen, denn die Kleine trägt eine saubere Windel und ist in ihrer vertrauten Umgebung. Sie wurde über eine Stunde lang gestillt, und nein, es ist weder zu heiß noch zu kalt im Raum.

Nico gibt dem Baby einen sanften Kuss und streift sich seine geräuschdämpfenden Kopfhörer über die Ohren.

«Ich weiß auch nicht, was wir jetzt falsch machen», stöhnt Luisa in das Geschrei hinein.

Mit besorgtem Blick lässt sie sich auf die Couch fallen und beobachtet ihren bemühten Ehemann, der schweißgebadet mit dem Baby durchs Wohnzimmer tanzt. Es ist wirklich herzerwärmend, denkt sie, wie Nico immer wieder neue Versuche startet, um das kleine Mädchen zum Einschlafen zu bringen, obwohl er selbst seit Tagen kaum ein Auge zugemacht hat.

«Danke», flüstert sie und fasst sich an die pochende Stirn.

Nun kann es nicht mehr schlimmer werden – oder etwa doch? Plötzlich bemerkt sie, wie ein rabenschwarzes Gefühl in ihr aufsteigt. Es bohrt sich von unten aufwärts durch ihren Körper und bahnt sich den Weg nach oben, um sich mit einem schweren Kloß im Hals wieder zu verabschieden.

Ein schlechtes Gewissen.

Seit der Geburt liegt Luisa den ganzen Tag auf dem Sofa herum, während Nico dem Dauerstress trotzt und sich nicht im Geringsten darüber beschwert. Wenn er nicht gerade kocht, putzt, aufräumt, einkaufen geht oder seiner bettlägerigen Frau etwas an die Couch bringt, füttert er den Hund und geht dreimal täglich die Gassirunde. Seit zwei Wochen erledigt Nico voller Geduld alle anfallenden Aufgaben, damit sie sich auf die derzeit wichtigste Aufgabe konzentrieren kann: das Stillen ihrer gemeinsamen Tochter.

Und selbst darin scheitert sie kläglich, denkt sie, denn es klappt einfach nicht mit dem Stillen. Entweder kriegt das Baby die Brustwarze nicht zu fassen oder die Liegeposition stimmt nicht. Manchmal vergisst ihr Kind vor lauter Geweine auch, dass es gerade noch trinken wollte oder Luisa muss vor Schmerz ihre Brust zurückziehen.

Oh ja, sie hat sich während der Schwangerschaft auf vieles vorbereitet, aber die Herausforderungen des Stillens hat sie maßlos unterschätzt.

Das kann doch nicht so schwer sein, oder?

Nun vermischt sich das schlechte Gewissen mit wütenden Selbstvorwürfen, und während sie mit dem Ärmel eine herunterkullernde Träne wegwischt, vermehren sich die dunklen Emotionen.

Warum stelle ich mich so dusselig an? Bei anderen Müttern klappt das doch auch.

Ich habe mir die ersten Wochen ganz anders vorgestellt.

Wie denn?

Irgendwie schöner und leichter.

Meine Güte, warum denke ich sowas? Was stimmt denn nicht mit mir?

Seit der Geburt schlägt sich Luisa mit solch schwarzen Gedanken herum. Natürlich gab es auch berauschende Glücksmomente, doch neben der erblühenden Mutterliebe und dem wunderbaren Gefühl, mit ihrem Ehemann ein neues Leben erschaffen zu haben, kam eine unangenehme Gemütsbewegung hinzu: Pessimismus.

All die Hormone nach der Geburt, gepaart mit heftigen Launen und einer ordentlichen Portion an Unsicherheit, haben diesen Pessimismus in ihr heraufbeschworen. Und nun huscht diese dunkle Emotion immer wieder durch ihre Gedanken. Luisa kann nicht mehr nachzählen, wie oft sie ihren Mann in den letzten Tagen mit verzweifelten Fragen durchlöchert hat oder vor lauter Ratlosigkeit plötzlich in Tränen ausgebrochen ist.

In solchen Momenten erkennt sie sich selbst kaum wieder, denn vor der Geburt war Luisa ein entspannter und leichtfüßiger Mensch, und mit ihrer ständigen Zuversicht war sie die wandelnde Personifizierung des Wortes «Optimismus».

Luisa fand noch nie großen Gefallen daran, sich das Leben mit schlechter Laune zu verderben und sagte häufig lockere Sätze wie «Ach was, das klappt schon», «Ist doch gar kein Problem» oder «Mach‘ dir jetzt keinen Kopf, das schaffen wir».

Sie hatte schon immer ein herausragendes Gespür für

Menschen, auch für sich selbst und ihre eigenen Bedürfnisse. Luisa wusste während der Schwangerschaft zwar von den künftigen Herausforderungen als Mutter, aber dachte immer, dass sie es mit ihrem starken Charakter und ihrer Fähigkeit zur Selbstreflexion schon irgendwie schaffen würde. Immerhin war sie eine gesunde Frau mit viel Einfühlungsvermögen, die mitten im Leben stand. Mit einem verantwortungsbewussten Ehemann wie Nico an ihrer Seite konnte rein gar nichts schiefgehen.

Oder doch?

Nach der Geburt wurde Luisa erbarmungslos mit der Realität konfrontiert, denn sie schlitterte beinahe täglich in Situationen hinein, auf die sie in keinster Weise vorbereitet war. Im Wochenbett musste sie sich tagelang mit Durchfall, Hämorrhoiden und dann mit einer unangenehmen Verstopfung herumschlagen. Kaum hatte das Abführmittel gewirkt und den Toilettengang erleichtert, vermuteten die Ärzte eine Gebärmutterentzündung und bestellten sie ins Krankenhaus zurück.

Weder in ihrem Geburtsvorbereitungskurs noch in ihren hochgelobten Ratgeber-Büchern wurde sie auf diese Farce vorbereitet. Niemand hatte sie vorab beiseite genommen und sie durch realitätsnahe Schilderungen vorgewarnt.

«Gebärmutter-was?», fragte Luisa ungläubig, obwohl sie eigentlich etwas ganz anderes dachte:

Bitte. Erschießt. Mich.

Hatte sie mit der Geburt nicht die größte Herausforderung gemeistert? War es nicht schlimm genug, dass ihr Ehemann wegen der herrschenden Corona-Pandemie vor der Zimmertür warten musste, bis die Ausnahmeregelungen einen kurzen Besuch zuließen? Wurde es ihr nicht angerechnet, dass sie im Krankenhaus vollkommen alleine war und nicht einmal ihre Eltern sehen durfte?

Nach der Entlassung wurde das Leben nicht einfacher, denn das kleine Baby wehrte sich vehement gegen ihre Brust und hinterließ nach jedem Versuch brennende Schmerzen. Nachdem die Hebamme ihr zu Stillhütchen geraten hatte, konnte Luisa immerhin einen Funken von Hoffnung sehen, allerdings wurde dieser Lichtblick vom Wissen getrübt, dass sich Babys schnell an die Hütchen gewöhnen und anschließend nicht mehr darauf verzichten wollen. Zudem müssen die Silikonhütchen immer wieder abgekocht und gereinigt werden, vom aufwändigen Ansetzen und Zurechtrücken ganz zu Schweigen.

Warum hat ihr niemand erzählt, wie viel Zeit und Kraft die ersten Stillversuche in Anspruch nehmen? Mütter schwärmen doch immer davon, was für eine tiefe Bindung während des Stillens entstehe und dass man dabei in aller Ruhe lesen oder sogar mit Freunden telefonieren könne. Stillen sei entspannend, senke den Blutdruck und erleichtere durch die freigesetzten Kuschelhormone sogar das Einschlafen.

Was für ein Irrglaube.

«Schatz! Die Kleine hat bestimmt Durst, bitte gebe ihr nochmal die Brust», stöhnt Nico und reißt sie aus ihren

Gedanken heraus.

Nun ist die Geburt mittlerweile zwei Wochen her, doch das Stillen fühlt sich noch immer wie eine hochkomplexe Matheaufgabe an. Man versucht stundenlang, auf den richtigen Weg zu kommen und wird brutal mit aller Wucht an den Anfang zurückgeworfen, bis man irgendwann alles hinschmeißen will. Luisa wundert sich darüber, dass eine solch hochgelobte Beschäftigung in Wahrheit einfach nur anstrengend, zeitraubend und schrecklich langweilig ist.

«Also gut, ich lege sie nochmal an», sagt sie, während das Baby wütend den Kopf wegdreht.

Beim erneuten Aufsetzen des Stillhütchens bemerkt sie, wie ihr Geduldsfaden immer dünner wird.

«Und nochmal versuchen… das gibt's doch nicht! So ein Mist, wie machen das die anderen Mütter?»

Luisa starrt ihre schreiende Tochter an.

«Ich habe mal gelesen, dass neugeborene Babys ungefähr alle drei Stunden trinken wollen. Das wären ja nur vier Mal am helllichten Tag», murmelt sie genervt.

Die Rechnung geht vorne und hinten nicht auf, denn eine Stillrunde dauert bereits mehr als eine Stunde, und wenn man die Zeit einrechnet, in der alle Anlegeversuche kläglich scheitern, dann ist man gefühlt den ganzen Tag damit beschäftigt. Entweder ist man gerade bei der Vorbereitung des Stillens, mittendrin und erschöpft, oder man hat es hinter sich. Dann lautet die entscheidende Frage: Was kann man in zehn Minuten schnell erledigen?

Wenn Luisa harte Prioritäten setzen muss, bedeutet das, sich zwischen einem schnellen Snack oder einer Dusche ohne Haarwäsche zu entscheiden.

Und dann geschieht es ganz plötzlich: Das Weinen ihrer Tochter verstummt mit einem Male und eine himmlische Ruhe umhüllt den Raum. Es ist so leise, dass man das Surren des Kühlschrankes aus dem Nebenraum hören kann. Das kleine Baby saugt endlich in regelmäßigen Abständen an ihrer Brust, und während die Erleichterung aufsteigt, schauen sich Luisa und Nico hoffnungsvoll in die Augen.

«Wir haben es wieder geschafft. Wir können stolz auf uns sein», flüstert Luisa.

Während das kleine Mädchen über Minuten hinweg leise trinkt, fällt Luisa in einen leichten Dämmerschlaf. Ihre Gedanken schweifen zurück zu den ersten Tagen nach der Geburt, als die Kleine kurzzeitig unter Gelbsucht litt und der Kinderarzt sie für einen Kontrollbesuch herbestellt hatte.

«Das ist kein Problem, bringen Sie das Baby einfach mit», sagte der Arzt am Telefon, «dann können Sie im Wartezimmer eben kurz stillen. Das machen alle unsere Patientinnen, das ist hier ganz normal.»

Luisa war völlig überfordert mit der neuen Situation, denn sie hatte gerade erst gelernt, wie sie das schreiende Baby im vertrauten Umfeld ruhigstellt, und zwar in einer ganz bestimmten Position mit ihrem eigenen Stillkissen. In den ersten Tagen war es eine Meisterleistung, wenn ihre Tochter für dreißig Minuten ohne Unterbrechung an der Brust blieb. Dabei musste eine gewisse Raumtemperatur und Geräuschkulisse herrschen, damit sich das Baby zum Trinken herabließ.

Eben kurz stillen?

Luisas Stresspegel erreichte schon beim Hören dieser Worte einen neuen Höhepunkt. Vermutlich war sie nicht so routiniert wie die anderen Frauen und möglicherweise war ihr Kind auch nicht «normal». Luisa hatte wahrlich keine Hemmungen davor, ihre Brust in der Öffentlichkeit zu zeigen, aber ihr Kind würde sich im Wartezimmer die Seele aus dem Leib schreien. Sie war rund um die Uhr damit beschäftigt, alle anderen Faktoren auszuschalten, die das Baby ablenken könnten, und jenes besagte «eben kurz stillen» funktionierte nicht mit Stillhütchen im kalten Neonlicht, und schon gar nicht in diesen ungemütlichen Wartesesseln.

«Ich komme mit zum nächsten Termin», flüstert Nico, als würde er gerade ihre Gedanken lesen.

«Wir schaffen das», fügt er hinzu.

Nico versucht, seine Erschöpfung in liebevoller Zuneigung zu verhüllen, und schließlich fallen beiden langsam die Augen zu.

Stille. Endlich Stille.

***

Eine knappe Stunde später hallt wieder lautes Babygeschrei durch die Wohnung.

«Oh man, das kann doch nicht wahr sein.»

Luisa reißt ihre Augen auf und wird sich gewahr, dass der

wohlbekannte Kreislauf nun von vorne beginnt. Sie rüttelt an Nicos Schulter und wirft ihm einen flehenden Blick zu.

«Bitte, ich kann nicht mehr.»

Ein tosendes Gefühlsfeuerwerk braut sich zusammen: Wie bei einem gefährlichen Vulkan ziehen die Rauchwolken nach oben und deuten darauf hin, dass der Ausbruch kurz bevorsteht.

Mit pochenden Kopfschmerzen eilt Luisa ins Schlafzimmer und greift unter Tränen nach ihrem Smartphone. Sie öffnet eine WhatsApp-Gruppe, die sie vor einigen Monaten mit zwei schwangeren Freundinnen gegründet hat.

Bis zum Zeitpunkt der ersten Geburt haben sich die Frauen darin über Kinderwägen und Babykleidung ausgetauscht. Nach jeder Geburt erschien dann jeweils ein glückliches Selfie mit Name, Gewicht und Größe des Babys, woraufhin liebevolle Glückwünsche und bemühte Versuche folgten, um sich möglichst bald auf einen Kaffee zu treffen.

Luisa starrt auf das Smartphone und fängt zögerlich an zu tippen. Schon nach wenigen Worten bemerkt sie, dass sie mit ihren zitternden Fingern kaum einen vernünftigen Satz schreiben kann, also schiebt sie das Mikrofon-Symbol nach oben und beginnt eine Sprachnachricht.

Nach einem langen Seufzer fängt sie langsam an zu reden. Sie wünscht ihren Freundinnen zaghaft ein schönes Wochenende und beginnt mit den vorsichtigen Worten: «Ich hoffe, euch geht's gut. Ich weiß gerade nicht mehr weiter und muss mich mal auskotzen.»

Dann fragt sie zögerlich, ob die anderen auch Kopfschmerzen vom Schreien ihrer Kinder haben und wünscht ihnen, dass es mit dem Stillen besser klappt als bei ihr.

Luisa erzählt von ihren Magenproblemen nach der Geburt, vom Durchfall und der unangenehmen Verstopfung, und dann lässt sie sich über die absurden Worte des Arztes aus. Luisa beschwert sich über das Gefuchtele mit den Stillhütchen und über ihre Unfähigkeit, das Baby ruhigzustellen, während ihr Mann rund um die Uhr den Haushalt schmeißt.

So beginnen die Worte und Tränen zu fließen, über all die schönen und nervenaufreibenden Ereignisse nach der Geburt, über die aufblühende Liebe und die ständige Überforderung im Alltag. Luisa erzählt von ihren Selbstzweifeln und gibt unter Tränen zu, dass sie sich in vielen Momenten nicht mehr wiedererkennt. Sie nörgelt, weint und lacht, während die Worte ungefiltert aus ihrem Mund heraussprudeln. Mit einem Fingertipp schickt sie die Nachricht ab und starrt einen Moment lang darauf.

Sechzehn Minuten und dreiundzwanzig Sekunden.

Moment mal, was ist da gerade geschehen? Hat sie mit ihrer schonungslosen Ehrlichkeit die Grenzen überschritten? War das ein schlechter Seelen-Striptease?

Möglicherweise hören ihre Freundinnen die Nachricht ab und beschweren sich danach kopfschüttelnd bei ihren Männern. Warum musste sie auch den Mund so weit aufmachen? Warum kann sie nie etwas richtigmachen?

Doch noch bevor sie in das altbekannte Denkmuster aus Selbstzweifeln und Vorwürfen zurückfallen kann, leuchtet die erste Antwort mit einem hoffnungsvollen «Pling» auf:

Clara:
Oh Gott, danke! Mir geht's genauso. Ich bin in Gedanken bei dir.

Katja:
Du glaubst nicht, was mir gestern Nacht fast passiert wäre. Ich glaube manchmal, ich bin die schlimmste Mutter aller Zeiten.

Clara:
Nee, keine Sorge, die bin ich schon. Frag mal mein schreiendes Baby. Ich kriege ihn einfach nicht ruhig.

Katja:
Habe seit fünf Tagen nicht mehr geduscht… Trockenshampoo ist auch leer. Mein armer Mann!

Clara:
Dito! Versteht mich nicht falsch, ich liebe mein Kind, aber ich brauche einfach mal zwei Tage Pause. Einfach nur Zeit für mich.

Katja:
Ich auch. Wir müssen uns sowas erzählen. Luisa, das hat echt meinen Tag gerettet!

Mit jedem weiteren Zugeständnis ihrer Freundinnen steigt ein warmer Gefühlswirbel aus Hoffnung, Erleichterung und Dankbarkeit auf, denn zum ersten Mal fühlt sich Luisa von Menschen gehört, die in ähnliche Abgründe starren wie sie. Trotz der anfänglichen Skepsis hat sie ihren Gefühlen freien Lauf gelassen, ohne auch nur im Geringsten dafür verurteilt zu werden.

***

Nachdem Luisa mit ihren sechzehn Minuten und dreiundzwanzig Sekunden das Eis gebrochen hat, wandern in der Gruppe unzählige Sprachnachrichten hin und her, in denen sich drei Mütter über ihre Babys beklagen und Emotionen laut aussprechen, von denen sie selbst erfreut, überrascht oder schockiert sind.

Manchmal sind es vier Minuten und manchmal zwanzig, wenn die Frauen lachen, stöhnen und scherzen. Einige Nachrichten beginnen mit einem weinerlichen Geständnis oder einem Wutanfall. Es kann auch vorkommen, dass der Screenshot einer verhängnisvollen Nachricht aufleuchtet, die einen bitteren Ehestreit ausgelöst hat – aber es wäre auch ein Wunder, wenn zwei überforderte Erwachsene mit einem horrenden Schlafmangel niemals die Nerven verlieren würden.

So fällt der Ballast immer wieder ab, wenn auch nur für einen kurzen Augenblick, und es sind diese Momente, mit denen sich die Freundinnen über Wasser halten.

Mit einem neugeborenen Baby schätzt man die kleinen Erfolgsmomente, da man keine Ahnung hat, was in den nächsten Tagen, Wochen und Monaten noch passieren wird. Woher denn auch?

Gelegentlich nimmt Luisa auch das laute Geschrei ihrer Tochter auf, das über dreißig oder vierzig Minuten nicht aufhört, und tippt dazu die triezenden Worte: «So schlimm ist es bei euch nicht, oder?»

Nein, tatsächlich nicht. Luisa weiß mittlerweile, dass ihre Tochter nicht so schnell zur Ruhe kommt wie andere Kinder. Von einer Freundin hat sie kürzlich gehört, dass ihr gleichaltriges Baby schon um achtzehn Uhr einschläft. Jeden Tag genau um die gleiche Uhrzeit, wie ein friedliches Uhrwerk, und dann geht die ganze Familie gemeinsam ins Bett.

«Stell‘ dir das mal vor, Nico! Schon um achtzehn Uhr!»

Als Luisa ihrem Mann davon erzählt, schüttelt er nur lachend mit dem Kopf und wiegt seine Tochter bedächtig mit dem rechten Arm. Irgendwie schafft er es nebenbei noch, dem hechelnden Labrador mit der anderen Hand den Kopf zu kraulen.

«Was? Dann erzähl‘ bloß nicht, dass unsere Kleine erst gegen Mitternacht schläft», sagt er mit einem amüsierten Lächeln und pustet sich die Hitze von der Stirn.

«Keine Sorge, Schatz! Sagen wir denen lieber nicht, was für Rabeneltern wir sind.»

Mit Nico gelingt es ihr tatsächlich: Augen zu und durch. Das Beste daraus machen und auch in schwierigen Phasen den Humor behalten – ohne falsche Ideale und zermürbende Vergleiche im Hinterkopf.

Es ist im Leben allgemein eine schlechte Idee, sich mit anderen Menschen zu vergleichen, weil jeder Mensch ganz besondere Eigenschaften in sich trägt, und diese Gaben sind viel zu kostbar, um sie in eine allgemeine Schablone zu pressen.

Genauso ist es mit Neugeborenen, denn es gibt wütende Schreikinder, brave Murmeltiere und klassische Babys, die zwar früh einschlafen, aber nachts immer wieder aufwachen. Welches Los man in dieser willkürlichen Lotterie auch gezogen hat: Kein Baby gleicht dem anderen. Man darf sich niemals mit anderen Eltern vergleichen, denn es gibt nicht den einen goldenen Weg, sondern nur temporäre Lösungen, die man mit viel Geduld und Fleiß selbst entdecken muss.

Tatsächlich schreit das Baby von Luisa besonders laut, und nein, sie hätte nicht gedacht, dass sie ihre Abende stillstehend neben einem Babybettchen verbringen würde, um einem kleinen Mädchen dreißig oder vierzig Minuten lang den Finger zum Nuckeln hinzuhalten. Es war ihr vorab auch nicht bewusst, dass sie einen großen Durchbruch feiern würde, wenn der Finger endlich gegen einen echten Schnuller eingetauscht wird.

Aber so ist das als Mutter: Man wächst an seinen Herausforderungen und mit jeder neuen Schwierigkeit tastet man sich auch gleichzeitig an eine neue Lösung heran.

Luisa weiß mittlerweile auch, dass sich die meisten Mütter nach der Geburt unvorbereitet fühlen, ebenso wie sie, weil viele Themen nur lapidar erklärt oder gänzlich verschwiegen werden. Mit ihren Freundinnen spricht sie nun über diese schwierigen Angelegenheiten, denn die äußere Fassade darf ruhig mal bröckeln und durch ein realitätsnahes Bild aufgefrischt werden. Sobald Luisa laut ausspricht, dass es mit ihrem Kind nicht immer einfach ist, fühlt sie sich schon erleichtert.

Danach rappelt sie sich auf und klopft sich den Dreck von den Schenkeln ab, denn sie möchte noch unzählige Lektionen von ihrer kleinen Tochter lernen. Über sich selbst und ihren Ehemann, über ihre Freundinnen und andere Mütter. Über den menschlichen Irrsinn des ständigen Vergleichens und den mutigen Schritt, einige Dinge nicht mehr zu verschweigen, sondern über alle Höhen und Tiefen des Mutterseins zu sprechen.

Diese Wahrheit ist heilsam und erlösend, denn das Beschönigen würde Luisa bloß davon ablenken, was sie wirklich ist: eine optimistische und kluge Frau, die eine großartige Familie erschaffen hat. Nach dunklen Tagen kommen auch wieder hellere Stunden, und dabei helfen einer jeden Mutter die simplen Worte:

«Mir geht es ganz genauso. Danke. Ich bin in Gedanken bei dir.»

II

Weil jede Sekunde zählt

«Nur noch zwei Minuten», murmelt Hanna verschlafen in ihr Kissen.

Es ist fünf Uhr morgens und der Wecker klingelt mit einer trommelnden Melodie, die immer lauter wird.

Aufstehen, aufstehen, aufstehen.

Mit einem Seufzer dreht sich Hanna auf die Seite und reckt sich hinüber zum Nachtschrank, um das brummende Smartphone zu ertasten. Als sie auf den Bildschirm schaut, muss sie ihre Augen zusammenkneifen. Das grelle Licht flutet über ihr Gesicht und erhellt den ganzen Raum.

«Muuuuckel», nörgelt ihr Ehemann und zieht sich die Decke über den Kopf.

«Ich hab' doch wieder Schichtwechsel».

«Tut mir leid», flüstert Hanna.

Sie rappelt sich auf und wischt sich den Schlaf aus den Augen. Die Nacht war kurz, denn ihre Tochter hat extrem unruhig geschlafen. Immer wieder musste Hanna zu ihrem Bettchen gehen und sie zudecken, weil das Mädchen die Decke vehement weggestrampelt hat. Die kleine Lotta hat momentan einen leichten Husten.

Mit vorsichtigen Schritten schleicht Hanna aus dem Schlafzimmer heraus und schließt leise die Tür.

Wie an jedem anderen Wochentag fühlt sie sich völlig erschöpft, übermüdet und ausgelaugt. In der Dunkelheit schlurft sie durch den langen Flur hin bis zum Badezimmer, das am Ende des Ganges hinter einer Einbuchtung liegt. Hier hört sie niemand.

Hanna schaltet das warmweiße Licht an und wäscht sich langsam das Gesicht. Immer wieder lässt sie das warme

Wasser über ihre Haut rinnen, dann massiert sie mit kreisenden Bewegungen ihre Gesichtscreme ein.

Schon am Vorabend hat sie die Kleidungsstücke im Badezimmer platziert – eine weiße Bluse, einen schlichten Rock, Unterwäsche und Strumpfhosen – damit die quietschenden Schranktüren am frühen Morgen keinen Lärm machen. Mit schnellen, routinierten Bewegungen streift sie sich die Sachen über.

Zum ersten und letzten Mal an diesem Tag hat Hanna nun einige Minuten für sich alleine. Sie greift nach ihrem Smartphone und scrollt durch die Liste von unbeantworteten Nachrichten, Anrufen und Sprachmitteilungen.

«Hmmm….», summt sie nachdenklich.

Hanna hat nicht mehr so viele gute Freunde wie früher, aber diejenigen, die seit ihrer Rückkehr ins Berufsleben übriggeblieben sind, melden sich hartnäckig bei ihr. Diese lieben Menschen fragen nach ihrem Befinden, ihrem Kind, ihrer Beziehung, ihrem Job und ihrem Leben, obwohl sie manchmal wochenlang nicht zurückschreibt.

Hanna schaut angespannt auf die Uhrzeit. Ein schlechtes Gewissen breitet sich in ihrer Magengegend aus, weil sie vor Arbeitsbeginn noch eine wichtige Präsentation hochladen wollte. Ihr bleiben noch ungefähr zehn Minuten im Badezimmer, um ein oder zwei Sprachnachrichten zu verschicken, aber sie kann unmöglich allen Freunden gerecht werden. Während sie ihre Wimpern tuscht und gleichzeitig Deodorant aufträgt, nimmt sie ihrer besten Freundin einige Worte auf.

«Hab' dich lieb», sagt sie zum Schluss und drückt dabei

die leere Zahnpastatube aus.

Dann stellt sie ihr Smartphone quer auf den Spiegelschrank, um sich beim Zähneputzen noch schnell die Nachrichten vom Vorabend anzuschauen – oder zumindest einen Teil davon. In den nächsten sechzehn Stunden, in denen sie wach und aufnahmefähig sein wird, bleibt nun das einzig freie Zeitfenster dafür.

«Mensch, was ist mit dem Internet los», murmelt sie ungeduldig.

Hanna seufzt und starrt auf den eingefrorenen Nachrichtensprecher.

Die Tagesschau ist ein geliebtes Ritual seit ihrer Jugend, weil sie das politische Geschehen schon immer spannend fand. Bevor Lotta geboren wurde, saß sie jeden Abend pünktlich um acht Uhr vor dem Fernseher und schaute sich in aller Ruhe die Nachrichten an, mit einer großen Schüssel Vanillepudding auf dem Schoß. Es war ein gemütlicher Tagesausklang, bevor sie sich ins Bett legen und über acht Stunden hinweg in ferne Welten träumen konnte.

Das war einmal.

Nun hat sie ein zweijähriges Kind und eine verantwortungsbeladene Position bei der Landesverwaltung. Heute bleibt ihr kaum noch Zeit für gemütliches Wälzen auf der Couch, denn im Leben einer berufstätigen Mutter zählt jede Minute.

Hanna schleicht in die Küche, um das Frühstücksmüsli für ihre Tochter vorzubereiten. Sie mischt alle Lieblingszutaten routiniert zusammen und stäubt eine Prise Zimt darüber, genauso, wie es die Kleine am liebsten hat. Wenn Hanna schon nicht dabei sein kann, dann will sie zumindest sicherstellen, dass das Frühstück mit viel Liebe zubereitet wurde.

«Okay, dann wollen wir mal», flüstert sie.

Nun steht der heikelste Moment kurz bevor.

Es gibt einige Handgriffe im Flur, die sie nicht lautlos erledigen kann, wie das Umdrehen des Schlüsselbundes oder die letzten Schritte auf dem Fliesenfußboden. Wenn jetzt etwas schiefgeht, dann fängt das große Geweine an und der ganze Tag steht unter einem schlechten Stern.

Ganz vorsichtig schleicht sich Hanna heraus und zieht die Haustür in Zeitlupe an sich heran. Sie lauscht draußen noch eine Weile, aber es bleibt still.

An jenen Tagen, an denen Lotta tatsächlich aufwacht und anfängt zu weinen, zerspringt Hannas Herz in tausend Teile. Die Kleine versteht noch nicht, warum ihre Mama den ganzen Tag wegfährt und erst abends wieder zurückkommt. Bei wilden Heulanfällen versucht Hanna dann zwar, das schreiende Mädchen zu beruhigen, aber früher oder später muss sie doch ins Büro fahren. Irgendwann überreicht sie ihrem Mann das schluchzende Kind und schaut mit gebrochenem Herzen in die geröteten, enttäuschten Kinderaugen. Dieses Gefühl ist jedes Mal eine rabenschwarze Höllenqual.

«Mama kommt so schnell wie möglich wieder nach Hause», ruft sie dann traurig und huscht mit glasigen Augen zur Tür hinaus.

Dann geht das Gedankenkarussell los: Wie kann Hanna

ihren Alltag noch besser durchtakten und optimieren, um möglichst schnell wieder bei ihrer Tochter zu sein?

In ihrem Leben zählt jede einzelne Sekunde, und gelegentlich wird Hanna schon vor Sonnenaufgang daran erinnert.

***

«Moment, ich rufe in fünf Minuten zurück. Danke.»

Am Schreibtisch klickt sich Hanna durch neue E-Mails, während sie von ihrem Brötchen abbeißt und an einem Kaffeebecher nippt. Auf das gemütliche Frühstück aus früheren Zeiten verzichtet sie lieber, denn es sind fünfzehn Minuten weniger, die sie nach Feierabend mit ihrem Kind hat. Es ist ein paradoxes Problem, das sie anderen Menschen nur schwer erklären kann: Obwohl Hanna ihre berufliche Position mit viel Fleiß erarbeitet hat und leidenschaftlich für ihre politischen Ideale kämpft, möchte sie den Arbeitstag möglichst schnell hinter sich bringen.

Nach der morgendlichen Teambesprechung nimmt der stressige Büroalltag seinen Lauf. Welche Termine stehen auf der Liste? Welche Abstimmungen sind heute notwendig? Welche parlamentarischen Angelegenheiten haben oberste Priorität? Es folgen Videokonferenzen, bei denen Hanna die Moderation übernimmt, während sie gleichzeitig E-Mails beantwortet und ans Telefon geht. In der Regel macht sie weder eine Mittagspause noch Kaffeeklatsch in der Küche, und schon gar keine unnötigen Besorgungen auf dem Nachhauseweg.

Den meisten Menschen ist es relativ egal, ob sie um fünf oder halb sechs zu Hause sind, weil sie sich abends entspannen können. Eine berufstätige Mutter, die in Vollzeit arbeitet, hat eine völlig andere Zeitwahrnehmung. Bei Hanna beginnt nach Feierabend der zweite Job, der sich manchmal bis in die späte Nacht hineinzieht.

Nein, es ist nicht immer leicht.

Wenn Hanna doch einmal in der Mittagspause zum Drogeriemarkt hastet und mit großen Windeltüten ins Büro zurückkommt, dann schauen ihre Kollegen sie verwundert, amüsiert und manchmal auch fasziniert an. Auf ihrem Stockwerk ist sie die einzige Frau, die mit einem Kleinkind in Vollzeit arbeitet – in einer leitenden Position, die tägliche Überstunden, absolute Flexibilität und ständige Erreichbarkeit voraussetzt.

Gelegentlich muss Hanna sich innerlich ermahnen, wenn eine Kollegin im Flur lauthals jammert und sich mit ihren lackierten Fingernägeln die Stirn reibt.

Mist, ich schaffe es heute nicht mehr zum Yoga.

Ist das heute anstrengend, zum Glück ist gleich Feierabend!

Hanna hat ein freundschaftliches Verhältnis zu ihren Kollegen und in ihrem Team kommen alle wunderbar miteinander aus, aber in solchen Momenten empfindet sie nichts als Empörung, Neid und Missgunst.

Nach wenigen Sekunden folgt auch schon das schlechte Gewissen, weil sie diesen lieben Menschen wirklich ein tolles Privatleben wünscht. Weil sie ihren Job an den meisten Tagen zwar gerne macht, aber abends auch mal auf die Couch fallen will. Weil sie seit Monaten keine Zeit mehr für Yogastunden oder andere Freizeitaktivitäten hatte. Weil sie einfach nur eine erfüllende Mutterschaft und eine erfolgreiche Karriere vereinbaren möchte, aber die Realität so verdammt hart ist.

Ausschlafen, Sport, Wellness, Massagen, Erholung… all das findet in ihrem Leben schon lange keinen Platz mehr. Als Managerin eines Großkonzerns kann man sich vermutlich eine Putzhilfe, eine Haushälterin und einen Babysitter leisten, aber die meisten Mütter müssen nach Feierabend noch an unzählige Dinge denken, die nichts mit der Arbeit zu tun haben.

Unter der Woche erledigt Hanna das Nötigste im Haushalt und an den Wochenenden will sie jede freie Sekunde mit ihrer Tochter verbringen. Einfach nur spielen, lachen, zählen, malen oder singen. Die kleine Lotta sieht ihre Mutter zwar seltener als manch andere Kinder, aber wenn die beiden zusammen sind, dann soll diese Zeit von hoher Qualität sein. Jeder gemeinsame Moment ist unendlich wertvoll.

Am Samstagnachmittag mit ihrem Mann alleine in die Sauna gehen oder mit einer Freundin stundenlang shoppen – das ist für Hanna undenkbar. Wann war sie das letzte Mal mit ihrem Mann außer Haus und konnte seine Hand halten, ihn streicheln und küssen? Wann haben die beiden sich das letzte Mal über mehrere Stunden hinweg sorglos unterhalten, gelacht oder herumgealbert?

Es schmerzt zwar gelegentlich, dass sie die freie Zeit mit Lotta aus allen anderen Lebensbereichen herausschneiden muss, aber es ist die einzige Möglichkeit. Nichts in ihrem Leben ist auch nur annähernd so wichtig wie ihre kleine Tochter.

Die schlimmsten Wochentage sind jene, an denen sie ein wichtiges Projekt liegenlässt, um von ihrem Mann mit einem tröstenden Blick begrüßt zu werden. Mit den furchtbaren Worten, die jeder berufstätigen Mutter einen Stich ins Herz versetzen:

«Tut mir leid, Schatz. Ich habe die Kleine vor fünfzehn Minuten schlafen gelegt. Vielleicht klappt es ja morgen Abend.»

Es ist nun einmal so, dass im Leben einer berufstätigen Mutter jede Sekunde zählt, und gelegentlich wird Hanna auch nach Feierabend daran erinnert. Die Liebe zu ihrer Tochter kollidiert täglich mit ihren beruflichen Träumen, Zielen, Idealen – und mit dem persönlichen Anliegen, ihrem Kind ein möglichst sorgenfreies Leben in einem schönen Zuhause zu ermöglichen. Ein Leben in finanzieller Sicherheit mit einem Sparpolster für die kommenden Monate, Jahre und Jahrzehnte. Wenn Lotta später einmal ihren Führerschein oder ein Praktikum im Ausland machen möchte, dann soll es auch möglich sein. Dafür arbeitet Hanna jeden Tag von morgens bis abends.

Könnte Hanna diesen inneren Konflikt in aller Öffentlichkeit thematisieren?

Nein, denn je nach Gesprächspartner wäre sie dann entweder eine schlechte Mutter oder eine faule, unmotivierte Mitarbeiterin.

Hanna weiß nicht, mit wem sie überhaupt darüber sprechen könnte, wenn sie die Zeit hätte. Mit ihrem Ehemann regelt sie momentan nur noch organisatorische Fragen, die sich um Kindererziehung, Finanzen oder Haushaltsanschaffungen drehen, und ihre Freundschaften lösen sich langsam in Luft auf. Eine langjährige Freundin sagte vor einigen Monaten am Telefon, dass die beiden sich auseinanderleben würden, wenn es so weiterginge.

«Hanna, ich weiß überhaupt nicht mehr, was in deinem Leben vorgeht», sagte sie mit weinerlicher Stimme, «du meldest dich nie und wir haben doch keine Ahnung mehr, was den anderen beschäftigt.»

Mit Tränen in den Augen konnte Hanna nachvollziehen, was in ihrer geliebten Freundin vor sich ging, aber sie wusste nicht, wo sie noch Zeit für die Freundschaft abzapfen könnte. Es war schlicht und einfach unmöglich, denn es gab keinen einzigen Lebensbereich mehr, den sie noch kürzen oder optimieren könnte. Und so musste Hanna das Telefonat beenden und mit dem zermürbenden Gefühl ins Bett gehen, auch noch eine schlechte Freundin zu sein.

Dieses rabenschwarze Gewissen, das man sich selbst macht – als schlechte Mutter, schlechte beste Freundin, schlechte Mitarbeiterin, schlechte Ehefrau, schlechte Tochter oder schlechte Nachbarin – ist aber noch nicht genug. Als berufstätige Mutter ist man immer eine beliebte

Zielscheibe, unabhängig davon, wie sehr man sich bemüht. Die Gesellschaft rümpft immer gerne die Nase und legt noch eine Schippe drauf.

Es gibt viele neunmalkluge Menschen, die einem voller Leidenschaft und Inbrunst erzählen, was für das eigene Kind am besten ist. Diese Menschen sind bewaffnet mit wissenschaftlichen Studien und Statistiken, emotionalisierten Erfahrungen, Anekdoten aus dem Bekanntenkreis und willkürlichen Geschichten, die in den sozialen Medien kursieren. Vieles wäre einfacher im Leben einer berufstätigen Mutter, wenn solche Menschen einfach mal den Mund halten würden.

***

«Grüner wird's nicht, fahr doch!», ruft Hanna in die Windschutzscheibe hinein.

Mit einem halbherzigen Hupen setzt sie den Stadtverkehr in Gang, dann schlängelt sie sich noch einige Minuten durch den Feierabendstau und spürt eine sanfte Erleichterung, als sie endlich auf die Autobahn in Richtung Heimat fährt. Kurz bevor sie in einen Tunnel hineinfährt, klingelt das Smartphone.

«Hallo Schatz», ruft sie in die Freisprechanlage, «ich bin in zwanzig Minuten bei euch. Bitte halte sie noch etwas wach, okay?»

«Alles gut, wir freuen uns», antwortet ihr Ehemann und

im Hintergrund brabbelt ihre kleine Tochter.

«Da-da. Mama kommt--»

Im gleichen Moment bricht die Verbindung ab.

Hanna verdreht die Augen und drückt das Gaspedal ein Stück weiter nach unten.

«Puh, wie machen das andere Frauen», stöhnt sie.

Während Hanna sich auf ihre Tochter freut, denkt sie darüber nach, was sie ohne die Unterstützung ihrer Familie machen würde. Ohne ihren Ehemann und ihre Mutter würde ihr Leben auseinanderfallen, und obwohl ihr Partner momentan zu wenig Aufmerksamkeit bekommt, weiß sie, dass die Beziehung ein starkes Fundament hat. Es werden auch wieder bessere Zeiten kommen, denkt sie, in denen sich die beiden schick anziehen, ein neues Restaurant ausprobieren und dann händchenhaltend durch die Innenstadt laufen.

Hanna hängt noch eine Weile ihren Gedanken nach und spürt dabei, wie die Müdigkeit langsam in ihr aufsteigt. Es ist eine schwere und kräftezehrende Müdigkeit, die ihre Augenlider bleiern nach unten zieht.

Für einen kurzen Moment muss sie ihre Augen zusammenkneifen und sofort wieder aufreißen, um das Auto unter Kontrolle zu behalten.

«Oh man», flüstert sie erschrocken und reibt sich die Stirn.

«So kann's wirklich nicht weitergehen.»

Ihre Augen füllen sich mit Tränen. Die simpelste Lösung besteht natürlich darin, weniger zu arbeiten, doch sobald Hanna eine Teilzeitstelle antritt, sabotiert sie ihren Traum von einer politischen Karriere. Zudem müsste sie definitiv Gehaltseinbußen in Kauf nehmen – und der Hauskredit zahlt sich nicht von alleine ab.

Hannas Herz schlägt für die Politik, für ihre Partei und ihren aktuellen Job. Natürlich hat sie schon häufiger über Teilzeitmodelle nachgedacht, aber ab einem gewissen Level in der Verantwortungshierarchie ist das scheinbar nicht mehr möglich.

Müssen sich Frauen wirklich mit diesem Status Quo zufriedengeben? Wer um drei Uhr nachmittags den Stift fallenlässt und erst am nächsten Morgen in sein E-Mail-Postfach schaut, trägt in den meisten Firmenstrukturen nur wenig Verantwortung. In höheren Positionen gibt es bestimmte Voraussetzungen, die man auch als Mutter zu erfüllen hat und an niemanden abgeben kann. Man muss wichtige Entscheidungen treffen, flexibel bleiben und rund um die Uhr erreichbar sein.

Schon bei ihrem vorherigen Arbeitgeber musste Hanna die Unvereinbarkeit von Beruf und Familie am eigenen Leib erfahren. Man hatte ihr während der Schwangerschaft zwar eine Beförderung angeboten, allerdings war auch ein Teil des Deals, dass sie sechs Monate nach der Geburt wieder im Büro sitzt.

Sechs Monate nach der Geburt.

Zu diesem Zeitpunkt musste Hanna feststellen, dass das vorgegaukelte Bild der stillenden Karriere-Mama im schicken Kostüm eine verheerende Instagram-Lüge war. In der Realität stürmte Hanna immer wieder aus Meetings heraus, weil sie volle Milchbrüste hatte und ihr Büstenhalter durchnässt war.

Die strukturellen Probleme, mit denen man als berufstätige Mutter zu kämpfen hat, sind aber auf allen Ebenen zermürbend. Von ihren Freundinnen weiß sie, dass es in den meisten Unternehmen nach einem Jahr in Elternzeit schwierig ist, wieder Fuß zu fassen.

«Da läuft doch was schief», murmelt Hanna und setzt den Blinker, um von der Autobahn abzufahren.

Sie würde gerne einmal den Mund aufmachen und im Büro darüber sprechen, dass sie rund um die Uhr an ihre Grenzen geht. Ihre Kollegen wissen zwar, dass sie ein kleines Kind hat, aber dennoch werden Meetings spontan auf siebzehn Uhr verschoben, auch wenn es keinen dringlichen Anlass dazu gibt.

Hanna würde so einiges sagen, wenn es den drohenden Stempel der überforderten, unflexiblen Mutter nicht gäbe:

Können wir das Meeting auf morgen früh verlegen? Ich möchte mein Kind heute ins Bett bringen.

Ist eine Blitzantwort auf eine E-Mail um neunzehn Uhr wirklich notwendig? Ich habe ein kleines Kind zuhause und die Deadline ist erst nächste Woche.

Ich brauche weitere Verstärkung im Team oder eine Assistentin, können wir darüber sprechen?

Je mehr Menschen in verantwortungsvollen Positionen auch tagsüber ihre Kinder sehen wollen, desto mehr muss über dieses Spannungsfeld gesprochen werden. Nicht auf einer theoretischen Ebene, denkt Hanna, sondern ganz offen in jedem einzelnen Unternehmen.

***

«Hallooo? Ich bin zuhauuuuse!»

Lotta rennt mit tapsigen Schritten auf ihre Mutter zu und fällt ihr in die Arme.

«Ma-maaaaa!»

Glücklicherweise hat Hanna es heute rechtzeitig nach Hause geschafft und kann gemeinsam mit ihrer Familie essen. Das abendliche Ritual nimmt seinen Lauf, solange, bis Mutter und Tochter kuschelnd im Kinderbett liegen und eine Geschichte lesen.

Hanna drückt ihre Nase in den blonden Haarschopf ihrer Tochter und atmet den süßlichen Geruch tief ein.

Nach einigen Minuten wird es still im Kinderzimmer. Im Dämmerschlaf träumt Hanna von ihrem Arbeitstag und sieht sich in einer Teambesprechung, während ihre Kollegen gebannt zuhören. Ihre Lippen formen ein leichtes Lächeln, denn Hanna ist stolz auf sich. Nur wenige Menschen in ihrem Leben verstehen wirklich, was sie als junge Mutter, als Frau und als Vollzeitkraft in der Landesverwaltung geschafft hat. Der Weg dorthin war hart, denn in ihrer Familie hat zuvor noch niemand studiert und ihre Mutter wollte sie anfangs sogar davon abhalten.

Warum das Abitur nachholen und sich für ein akademisches Leben entscheiden? Warum die Semesterferien mit freiwilligen Praktika vollstopfen, die nicht einmal vergütet werden? Warum wollte sich Hanna durch ein langes und hartes Studium kämpfen, wenn sie doch einen sicheren Job hatte?

Die Antwort war für Hanna glasklar. Sie hatte große Träume und wusste schon in ihrer Jugend, dass sie später einmal in die Politik gehen wollte. Vielleicht um Bürgermeisterin zu werden, vielleicht aber auch, um eine wichtige Funktion in der Landesverwaltung zu übernehmen.

Gleichzeitig wusste sie aber auch, dass sie später einmal Kinder haben wollte. Schon lange trug sie den Wunsch nach einer aufregenden Karriere und einem glücklichen Familienleben in sich, wie unzählige Frauen auf der ganzen Welt.

Manchmal fühlt es sich ungerecht und veraltet an, dass man im einundzwanzigsten Jahrhundert nicht beides haben kann.

In regelmäßigen Abständen rauschen Gedanken durch ihren Kopf, die Hanna zum Weinen bringen: Wird Lotta sie später dafür verurteilen, dass sie in ihrer Kindheit selten zuhause war, und ihr schlimme Vorwürfe machen? Oder wird sie verstehen, dass ihre Mutter ein sicheres Zuhause und ein finanzielles Polster erschaffen wollte?

Am Ende bleibt nur eine Frage: Ist es das alles wert?

Momentan verpasst Hanna einige Meilensteine in den

ersten Lebensjahren ihrer Tochter, aber die beiden werden zu einem späteren Zeitpunkt wieder mehr Zeit miteinander haben.

Vielleicht könnte das durch eine zweite Schwangerschaft mit einer längeren Elternzeit gelingen – wobei sie den Bogen nicht überspannen sollte, denn schon jetzt schielen einige Kollegen heimlich auf ihre Stelle.

Es kann aber auch ein Wunder geschehen.

Womöglich ändern sich eines Tages die Strukturen im Berufsalltag, mit denen so viele Menschen auf der ganzen Welt zu kämpfen haben. Vielleicht wäre es dann möglich, auch in höheren Positionen in Teilzeit zu arbeiten, weil die Unternehmen berufstätige Eltern wahrnehmen, unterstützen und fördern. Dann wäre der offene Dialog über familiäre Angelegenheiten ein wichtiger Bestandteil jeder Morgenrunde und jeder Teambesprechung.

Dieses Wunder geschieht an jenem Tag, an dem die gesamte Gesellschaft anerkennt, dass für eine berufstätige Mutter wirklich jede Sekunde zählt.

Nun kullern einige Tränen über Hannas Gesicht, obwohl sie schon tief und fest schläft. Vor ihrem inneren Auge sieht sie eine blonde Frau, die lachend auf sie zuläuft. Hanna staunt über diesen Anblick, denn es sind die Gesichtszüge ihrer Tochter an einer groß gewachsenen Frau.

«Mama, sei nicht traurig», sagt eine sanfte Stimme.

Lotta schaut sie mit lachenden Augen an und nimmt sie in den Arm. Sie bewegt langsam ihre Lippen und drückt sie immer fester an sich heran.

Hanna versinkt in den Armen ihrer Tochter und fühlt

sich geborgen, aufgefangen und sicher.

Was für ein starkes Mädchen, denkt Hanna, und dann hört sie endlich die Worte, die mit der weichen Stimme ihrer Tochter klingen:

Ich hab' dich lieb, Mama, und ich bin unendlich stolz auf dich.

Danke, dass du mir deine Geschichte erzählt hast.

III

Wenn das Baby erstmal da ist

«Mensch, das kann doch nicht wahr sein!»

Kathi schaut missmutig auf den Schwangerschaftstest und hält ihn gegen das Sonnenlicht, um das schmale Streifenfenster genauer zu betrachten.

Mit zusammengekniffenen Augen prüft sie noch einmal, ob die zweite blaue Linie vielleicht etwas blasser durchschimmert. Doch der Schwangerschaftstest bleibt negativ.

Mit einem langen Seufzer lässt sie sich auf den Toilettensitz fallen und reibt sich die Stirn. Seit neun Monaten versucht sie nun mittlerweile, ein Baby zu bekommen, und gemeinsam mit ihrem Partner hat sie alle erdenklichen Schritte unternommen, um diesem Traum näherzukommen, von der Spermien-Untersuchung beim Facharzt bis zur akribischen Kontrolle ihres Eisprungs.

«Vielleicht kann ich einfach keine Kinder kriegen», flüstert sie traurig.

Sie lehnt sich erschöpft gegen die Wand und denkt an jenen Arztbesuch zurück, als die Gynäkologin ihr mit einem liebevollen Lächeln sagte, dass kaum eine Frau in den ersten Monaten schwanger werde.

Nein, erst nach einem Jahr müsse man sich Sorgen machen und langsam nachsehen, ob alles in Ordnung ist.

«Nach einem Jahr», seufzt sie, «also in drei Monaten.»

In Gedanken rechnet Kathi noch einmal nach, wann sie im vergangenen Jahr die Pille abgesetzt hat, denn aus unzähligen Blogartikeln und Zeitschriften weiß sie, dass es eine Weile dauern kann, bis sich der Körper nach der hormonellen Verhütung wieder an den natürlichen Rhythmus gewöhnt hat.

Ihr Blick wandert durch den kleinen Raum hin zum Wandregal, wo sich Schwangerschaftstests und Ovulationsstreifen aneinanderreihen. Schon nach dem dritten Monat hat sie damit begonnen, ihren Eisprung auf die Stunde genau zu kontrollieren und mehrmals am Tag auf die weißen Streifen zu pinkeln.

Eine leise Träne kullert über Kathis Wange, denn auch ihre Beziehung leidet mittlerweile unter der ständigen Anspannung, obwohl das Paar vor dem Kinderwunsch schon genügend andere Probleme hatte. Die Leidenschaft im Schlafzimmer ist längst verschwunden und mit jeder weiteren unerwünschten Periode fühlt sich Kathi weniger zu ihrem Freund hingezogen. In den letzten Monaten hatten die beiden nur noch strikt durchgeplanten Sex, um ein Kind zu zeugen, und Sven sagt jedes Mal, dass er sich wie eine Zeugungsmaschine fühle.

«Verdammter Test», flucht Kathi in den Raum hinein, «bei allen anderen klappt das doch auch.»

Vor einigen Tagen beschwerte sich ihre schwangere Kollegin mit einem theatralischen Kopfschütteln darüber, dass sie gehofft hatte, wenigstens noch einige Monate für sich allein zu haben – aber nein, es musste ja direkt beim ersten Versuch klappen.

Herrje, dachte Kathi, was für ein unverschämtes Glück diese Frau doch hat… soll sie doch froh sein, dass sie überhaupt schwanger werden kann.

Am liebsten wäre sie aus dem Raum gestürmt, um sich in einer Toilettenkabine zu verkriechen und ihre Tränen einfach fließen zu lassen. Innerlich versetzten ihr diese

Worte einen tiefen Stich ins Herz und ihr Magen zog sich zusammen.

«Mal wieder falscher Alarm, Sven!», ruft sie laut aus dem Badezimmer heraus und unterbricht den tosenden Gedankenstrom, der sie doch immer nur in tiefere Abgründe führt.

In den letzten drei Wochen hatte Kathi tatsächlich ein völlig anderes Bauchgefühl, und ja, sie dachte dieses Mal wirklich, dass es endlich geklappt hätte. Im Gegensatz zu den Vormonaten, die von leiser Hoffnung, Enttäuschung und Trauer durchzogen waren, gab es dieses Mal kein demütiges Bangen mehr, sondern nur eine ungewöhnlich klare Intuition, die immerzu sagte, dass sie nun ihr Baby bekommen würde.

Doch der Schwangerschaftstest bleibt negativ.

Kathi legt die weiße Plastikhülse neben sich auf den kalten Fliesenfußboden und fängt an zu weinen. Obwohl sie bereits seit neun Monaten in diesem niemals endenden Kreislauf festhängt, kann sie mit kaum einer anderen Frau darüber sprechen, weil sonst alle Eingeweihten ständig nachfragen würden:

«Ach, das wird schon, Kathi! Wie oft habt ihr es denn versucht? Erzähl doch mal! Habt ihr schon diese oder jene Stellung ausprobiert? Und, hat es jetzt endlich geklappt...?»

Nein, es hat nicht geklappt, und vermutlich wäre es leichter zu ertragen, wenn sie dieses Baby nicht aus tiefstem Herzen mit jeder Faser ihres Körpers erwarten würde.

Schon in ihren frühen Zwanzigern wusste Kathi, dass sie nach ihrem Studium zwar einige Jahre arbeiten, aber so schnell wie möglich ein Baby bekommen wollte. Ihre Augen begannen vor Liebe zu funkeln, wenn schwangere Freundinnen oder Mütter mit kleinen Babys an ihr vorbeiliefen, und sie war schon immer ein Magnet für Kinder, ganz egal, wie schüchtern oder unsicher sich jene Kinder bei anderen Menschen verhielten. Mit einer überschwänglichen Vorfreude dachte sie damals schon daran, ihren eigenen kugelrunden Bauch eines Tages zu streicheln und dieses Wunder in sich wachsen zu sehen. Am liebsten hätte sie ihre Schwangerschaft schon in ihren frühen oder mittleren Zwanzigern stolz verkündet.

Es war so ein schöner Plan, aber dummerweise hatte ihr Partner über viele Jahre hinweg eine ganz andere Meinung dazu. Sven wollte irgendwann einmal Kinder haben, aber nicht in naher Zukunft.

«Lass' uns noch warten, Schatz, wir haben so viel Zeit», sagte er stets mit zuckenden Schultern und drehte sich weg, um den Fernseher anzuschalten oder sich einen Joint zu drehen.

Nein, er fühle sich noch lange nicht bereit dafür, sagte er, und ihm fehle nichts in der Beziehung. Das Leben mit Kathi sei leicht und unkompliziert – warum sollten die beiden so früh Kinder kriegen?

Somit wurde ihr Babywunsch immer weiter nach hinten geschoben und in die Zukunft fortgetragen. Dennoch war Kathi froh darüber, mit Sven einen Partner an ihrer Seite zu haben, der sich das Konzept «Familie» grundsätzlich vorstellen konnte. Das einzige Hindernis bestand über viele Jahre hinweg darin, ihm die Dringlichkeit zu verdeutlichen, denn Sven wollte nicht wahrhaben, dass für Frauen tatsächlich irgendwann die biologische Uhr tickte.

«Naja, was soll ich denn machen», sagte Kathi zu ihrer Schwester, als sie wieder einmal vertröstet wurde.

«Ich muss doch froh sein, dass ich überhaupt ein Baby bekommen darf. Ich kann die Beziehung jetzt nicht mehr hinschmeißen.»

Während ihre Schwester sie mit besorgten Augen anstarrte, nahm Kathi zum ersten Mal eine innere Stimme wahr, wenn auch nur in einem kaum hörbaren Flüsterton:

Meine Mutter wusste auch schon früh, dass mein Vater keine Kinder wollte. Manchmal glaube ich, ich höre meinen Vater sprechen.

Über die Jahre hinweg nahm die Beziehung von Kathi und Sven eine seltsame Dynamik an, und irgendwas fühlte sich verdammt falsch an, aber sie konnte nicht genau mit dem Finger darauf zeigen. Mit jedem weiteren Aufschub wurde der Kloß in ihrem Hals größer und es erschien ihr zunehmend schwieriger, ihren Herzenswunsch wieder herunterzuschlucken.

Doch Kathi blieb in ihrer demütigen Rolle als Bittstellerin stecken, und wenn die leise innere Stimme ihre Seele sanft antippte, ignorierte sie das Ungleichgewicht in ihrer Beziehung, auch wenn es in den ersten Jahren tatsächlich einige Momente gab, in denen sie heimlich an die Möglichkeit einer Trennung dachte.

In ihrer lähmenden Hoffnung bemerkte sie nur selten, dass sie neben ihrem aufgeschobenen Kinderwunsch viele andere Probleme tolerierte, die sich zwischen ihr und Sven aufgestaut hatten. Ohne es zu bemerken, befand sie sich mit Anfang Dreißig in einer höchst problematischen Partnerschaft, in der zwei unpassende Puzzleteile mit aller Mühe ineinander gedrückt wurden, nur weil sie gerade nebeneinander lagen.

Kathi und Sven waren ihrem früheren «Ich» schon längst entwachsen und hatten sich in vollkommen gegensätzliche Richtungen entwickelt. Kathi hatte sich in ihren Zwanzigern wie eine wunderschöne Blüte geöffnet, sie liebte den Austausch mit anderen Menschen und warf sich mit einer leichtmütigen Offenheit ins Leben hinein. Ihre Wochenenden verbrachte sie am liebsten damit, neue Orte zu erkunden oder sich bei einem Glas Wein ihre kunterbunten Gedanken von der Seele zu reden. Sie hatte zu allem eine Meinung und diskutierte leidenschaftlich über die Umwelt, den Klimawandel, ihre vegetarischen Kochkünste, und alles andere, was ihr gerade auf dem Herzen lag. Kathi hatte ein ständiges Funkeln in den Augen und lechzte nach neuen Erfahrungen.

Sven waren all diese Themen vollkommen egal.

Nein, er interessierte sich weder für Vegetarismus noch für gesellschaftliche Probleme. Er war introvertiert und zog sich am liebsten in sein eigenes Reich zurück, in seiner Freizeit vermied er unnötigen Kontakt zu fremden Menschen. Wenn es nach ihm ginge, würde das Paar jedes

Wochenende vor dem Fernseher sitzen und dann Marihuana rauchen, um später in aller Stille den Abendhimmel zu genießen.

Passen wir wirklich so gut zusammen, wie ich dachte?

Was würde passieren, wenn wir später gar keine Kinder bekommen?

Diese pochende innere Stimme konnte Kathi zwar über einige Jahre hinweg ignorieren, doch an ihrem dreißigsten Geburtstag verwandelte sich das leise Flüstern in eine laute Mahnung.

Alles begann damit, dass Sven an jenem Abend stillschweigend im Nebenzimmer verschwand und sich einen Joint drehte, als die ersten Gäste eintrafen. In den darauffolgenden Stunden kam er nicht mehr heraus und ließ sie mit der ganzen Organisation alleine. Die helfenden Hände ihrer Freundinnen nahmen Kathi zwar die Arbeit ab, doch ein drückendes Gefühl blieb in ihrer Magenkuhle zurück.

Obwohl sie nach außen hin entspannt wirkte und die spitzen Kommentare ihrer Gäste mit einem höflichen Lächeln abwinkte, überkam sie die Wahrheit mit einem Schauer.

«Das liegt nicht an euch, der hat einfach nur Stress auf der Arbeit», sagte sie.

Doch schon beim Aussprechen dieser Lüge erkannte Kathi mit einer erstaunlichen Klarheit, dass sie sich seit vielen Jahren einen anderen Mann an ihrer Seite wünschte.

Sie sah einen offenherzigen und aufmerksamen Gastgeber, der ihre Freundinnen umarmte und das Geschirr zügig wegräumte, damit sie sich um die Gäste kümmern konnte. Der Mann an ihrer Seite wäre kommunikativ und er würde angeregte Diskussionen führen. Er hätte eine starke Meinung zu allen möglichen Themen und würde die pure Lebenslust aus ihr herauskitzeln, anstatt ihr strahlendes Licht ständig zu dimmen.

Vor allem aber wollte dieser Mann eines: Kinder. Der ideale Partner an ihrer Seite wäre ein liebevoller Familienmensch und er würde seine Kinder jeden Tag ansehen, bewundern, beschützen und auf ein wundervolles Leben vorbereiten. Dieser Mann war genau das, was Sven niemals sein wollte.

Von jenem Tag an zweifelte Kathi regelmäßig an der Sinnhaftigkeit ihrer Beziehung und spielte verschiedene Szenarien durch, doch ein bedeutender Faktor hielt sie immer wieder von der Trennung ab: ihr Kinderwunsch. Nach all der harten Arbeit und jahrelangen Geduld schien diese angeknackste Beziehung ihre einzige Möglichkeit zu sein, um bald Mutter zu werden. Es gab immerhin auch gute Zeiten mit Sven und sie wollte nicht als kinderlose Frau in den Dreißigern ganz von vorne anfangen.

«Ach Kathi, ich habe schon von vielen Frauen gehört, dass sich die Männer nach der Geburt stärker einbringen und die Beziehung wieder aufblüht», bestärkte sie eine Kollegin.

«Viele Paare wachsen durch eine Schwangerschaft zusammen, mach‘ dir da keinen Kopf. Eure Probleme lösen sich dann in Luft auf.»

Und dann sprach ihre Kollegin einen verheißungsvollen Satz aus, der sich in Kathis Gedächtnis einbrennen und zu ihrem alltäglichen Mantra werden sollte:

«Wenn das Baby erstmal da ist, wird alles besser.»

***

Tatsächlich kam ein Jahr später der große Umbruch in der Beziehung. Nach einem romantischen Abendessen zu ihrem einunddreißigsten Geburtstag führte Sven sie ins Schlafzimmer und flüsterte die lang ersehnten Worte:

«Schatz, lass' uns ein Baby machen.»

Und so begannen Kathi und Sven endlich mit dem ernsthaften Versuch, ein Kind zu zeugen. Kathi überhörte in ihrer unbändigen Freude wieder einmal die kleine Flüsterstimme, die ihre Seele nun etwas stärker antippte und sie darauf hinwies, dass Sven möglicherweise nicht der richtige Mann für sie war.

Diese Stimme war äußerst geduldig und drängte sie nicht zur Trennung, nein, sondern eher zu einer offenen Aussprache über die fehlende Nähe in der Beziehung und die stetig wachsende Gleichgültigkeit beim Sex. Wenn die beiden nun tatsächlich ein Baby bekommen wollten, standen ernsthafte Gespräche über Familienwerte, Kindererziehung, Geschlechterrollen und seinen ständigen Cannabis-Konsum auf der Agenda.

Hinzu kam, dass sich einige Wochen zuvor eine neue Wendung des Schicksals ergeben hatte, denn Sven würde bald ins Ausland gehen, für ein Jahr ins chinesische Shenyang am anderen Ende der Welt.

Das Paar müsste einen Teil der Schwangerschaft getrennt voneinander verbringen, doch Sven störte sich nicht daran und hatte sofort zugesagt. Kinderplanung hin oder her: Er freute sich auf die berufliche Weiterentwicklung und seine beachtliche Gehaltserhöhung.

Auch Kathi war es durchaus recht, ihre baldige Schwangerschaft in aller Ruhe mit ihrer Mutter und ihrer Schwester zu genießen. Er solle die Chance ruhig nutzen, sagte sie zu ihm, allerdings müssten sie es vor der Abreise noch irgendwie schaffen, schwanger zu werden.

Fernbeziehung – na und? Nichts konnte sie von ihrem Kinderwunsch abbringen. Insgeheim freute sie sich sogar darauf, ihr Leben für ein ganzes Jahr so zu gestalten, wie sie es wirklich wollte. Und wieder bemerkte Kathi beiläufig, dass sie tatsächlich gerne alleine und womöglich sogar *glücklicher* ohne ihren Partner war – aber wenn das Baby erstmal da sein würde…

Von einem lauten Knall wird Kathi aus ihrem Kopfkino herausgerissen. Ihr Blick wandert zum Badezimmerregal mit dem reichlichen Vorrat an Schwangerschaftstests und Ovulationsstreifen.

«Alles umsonst gekauft», murmelt sie.

Neun Monate später bleibt der Test noch immer negativ und die Abreise nach China steht nun kurz bevor. Kathi stützt sich mit den Armen vom Boden ab und hievt sich von den kalten Fliesen hoch, dann greift sie missmutig nach dem benutzten Schwangerschaftstest.

Als sie mit einem Fuß den Deckel des Mülleimers hochdrückt, bemerkt sie, dass sich die Plastikhülse irgendwie verändert hat. Mit zusammengekniffenen Augen starrt sie noch einmal auf das kleine Kontrollfenster, das nun klar und deutlich zwei Streifen offenbart.

«Was zum…?»

Mit zitternden Händen kramt sie nach der Gebrauchsanweisung. Haben die Striche je nach Marke und Modell eine andere Bedeutung? Stimmt etwas nicht mit ihren Augen? Kann es vielleicht sein, dass sie sich irrt?

Das Herz klopft ihr bis zur Brust und sie spürt ein nervöses Kribbeln im Bauch. Hastig überfliegt sie den geknickten Beipackzettel und sucht ungeduldig nach dem richtigen Absatz.

Zwei Striche.

Positiv.

Der Schwangerschaftstest ist positiv. Es sind zwei Striche, die ihr Leben für immer verändern werden.

«Ich kriege ein Baby», flüstert sie mit zitternder Stimme dem Himmel entgegen.

Kathi sinkt vor Dankbarkeit und Überwältigung auf den Boden zurück und bricht vor Erleichterung in Tränen aus. Seit Jahren hat sie sich auf diesen Moment gefreut, aber die Realität grenzt an ein Wunder, denn alles, was sie sich jemals gewünscht hat, ist gerade in ihren Schoß gefallen.

«Sven, ich bin schwanger!», ruft sie lachend durch den Türspalt ins Schlafzimmer hinein.

***

«Ach Emma, warum weinst du denn? Es ist doch alles wieder gut, schhhh…»

Kathi wiegt das kleine Mädchen zärtlich hin und her, während Sven ihr vorwurfsvolle Blicke zuwirft.

«Vielleicht ist es die Klimaanlage...», zischt er mit einem genervten Unterton.

«Ja, vielleicht ist es auch einfach die schlechte Luft in China», patzt Kathi zurück.

Sven schaut sich verlegen um und wirft seinen Arbeitskollegen, die reihum an einem großen Esstisch sitzen, einen flüchtigen Blick zu.

«Mach' keine Szene vor meinen Kollegen», flüstert er.

Kathi prustet vor Empörung laut los und deutet mit einer Kopfbewegung an, dass die beiden in den Flur gehen sollen.

«Ich mache keine Szene, Emma hat sich gerade einfach erschreckt.»

«Mensch, dann beruhig' sie doch jetzt einfach, damit sie wieder einschläft.»

«Soll ich auf einen Knopf drücken, oder was? Emma ist drei Monate alt, da schreien Babys nunmal.»

«Mein Gott, am besten, du gehst mit ihr rüber in unser

Apartment. So schnell wie möglich!»

«Entschuldigung? Ich soll jetzt ganz alleine rübergehen, ohne dich?»

«Merkst du nicht, wie peinlich das gerade alles ist?»

«Deine eigene Tochter ist dir peinlich?»

«Jetzt gerade? Ja!»

«Also bitte, du kannst wenigstens mitkommen und dich auch mal um sie kümmern. Ich hocke hier seit fünf Wochen und mache den ganzen Tag nichts anderes.»

«Stell' dich nicht so an. Du hast hier doch alles, was du brauchst. Die Firma stellt sogar eine Putzfrau.»

«Schaue dich doch mal um, Sven! In unserem Viertel sind nur Mitarbeiter von Autofirmen und ein paar gelangweilte Ehefrauen. Toll, echt! Es fühlt sich an, als wäre ich auf dem Mond ausgesetzt worden, alles ist dreckig und grau.»

«In unserem Urlaub in Bangkok hat es dir auch gefallen, was ist jetzt dein Problem?»

«Ha! In Bangkok konnte ich alte Tempel anschauen und auf Märkten rumbummeln.»

«Na und? Jetzt musst du dich sowieso ums Baby kümmern. Du hast doch die Krabbelgruppe mit den anderen Müttern.»

«Einmal die Woche! Ich bin total einsam hier. Weißt du, dass ich die Tage bis zur Abreise runterzähle?»

«Mein Gott, gehe jetzt einfach mit der Kleinen raus. Du wolltest doch das Baby haben, verdammt nochmal, also kümmere dich jetzt auch drum!»

«Ich-- was hast du gesagt?»

Sven dreht sich wütend um und lässt Kathi mit dem

quengelnden Mädchen alleine im Flur stehen. Obwohl es nur wütende Aussagen in einem emotional aufgeladenen Streitgespräch sind, weiß Kathi, dass gerade ein riesiges Kartenhaus in sich zusammenfällt. Sie hat vorher schon geahnt, dass ein heftiger Windstoß ausreichen würde.

Mit jedem Schritt, den Sven durch den langen Flur zurück ins Esszimmer macht, rinnt eine weitere Träne über ihr Gesicht. Plötzlich steigen altbekannte Emotionen auf und erinnern sie an einen prägenden Moment aus ihrer Kindheit: Vor ihrem inneren Auge albert sie mit ihrer Schwester im Auto herum und singt lustige Kinderlieder. Die beiden Mädchen denken sich lauthals neue Strophen aus und rufen sich die Reime lachend zu. Dann ermahnt sie das laute Stöhnen ihres Vaters im Vordersitz und ein harsches «Ruhe, jetzt!» zur Stille.

Und so war es doch immer in ihrer gesamten Kindheit: Kathis Vater war ständig genervt von den Mädchen und fauchte seine Frau an, dass sie sich gefälligst zu kümmern hatte.

Du wolltest doch die Kinder haben, Martha!

Der lähmende Schmerz der Vergangenheit durchfährt sie blitzartig. Kathi muss sich die Hand fest auf den Mund drücken, damit sie ihre Wut wieder einmal herunterschlucken und lautlos in sich hinein weinen kann.

Das qualvolle Gefühl von echter Einsamkeit kann man immer nur solange vergessen, bis man eines Tages wieder brutal davon heimgesucht wird.

Schon während ihrer Landung in Shenyang vor einigen Wochen ahnte Kathi, dass ihre Beziehung eine tickende Zeitbombe war. Völlig erschöpft trug sie das Baby in einer Trage vor der Brust und zog seitwärts zwei Koffer und den zusammengeklappten Kinderwagen mit sich. Während der stressigen Reise malte sie sich aus, wie Sven mit einem großen Blumenstrauß am Flughafen auf sie warten würde, und sie ersehnte sich nach dem langen Überseeflug vor allem eines: aufgefangen zu werden. Nach einer langen Umarmung wollte sie ihm einfach die Koffer überreichen und sich mit dem Baby ins Bett legen.

Das war zumindest der Plan.

Sven freute sich wiederum auf seine gut gelaunte Freundin und erwartete von ihr, dass sie ihn euphorisch mit Liebe überschütten würde. Nach drei stressigen Monaten im dunklen Smog von Shenyang hatte er viel Energie verloren, und ja, mit der Zeit hatte er sogar eine grundlegende Frustration entwickelt, weil er die meiste Zeit ohne Sonnenlicht in einem künstlich belichteten Großraumbüro saß. Sven ging davon aus, dass Kathi ihn überschwänglich empfangen würde, doch als sie ankam, erschien sie ihm gestresst und distanziert. Auch die kleine Emma war von der langen Reise erschöpft und quengelte unaufhörlich herum, bis das Taxi endlich losfuhr. Das Verständnis war von beiden Seiten aus nicht da.

Kathi und Sven realisierten während der angespannten Taxifahrt, wie es wirklich um den Energiespeicher ihrer Beziehung stand: In den letzten Jahren hatten sie ihn komplett ausgeleert und es blieb nicht ein einziger Tropfen für angespannte Krisenmomente übrig. Keiner von beiden wollte seine Hand noch schützend unter die Beziehung legen, denn es war zu viel geschehen.

«Achtung, Leute!»

Plötzlich hallt lautes Gelächter aus dem Esszimmer und der Dunst von chinesischem Essen hängt schwer in der ganzen Wohnung. Kathi lauscht eine Weile und hört den springenden Korken einer weiteren Flasche.

Nein, er wird nicht mehr zurückkommen, um nach ihr zu sehen, denkt sie, und später in der Nacht wird er angetrunken ins Bett kommen.

Vermutlich wird er sich dann vertragen wollen und einen neuen Versuch wagen, um mit ihr zu schlafen, aber sie wird sich eine Ausrede ausdenken.

Kathi will einfach nur ihre Ruhe haben. Niemand hat ihr vorher gesagt, dass die heißblütige Lust, die man als Frau während der Schwangerschaft empfindet, nach der Geburt mit einem Mal verschwindet. Durch das Stillen fühlt sich der Körper wie ausgetrocknet an und nach drei Monaten brennen die Geburtsverletzungen noch immer.

Insgeheim widert der Gedanke an Geschlechtsverkehr sie an und am liebsten würde sie im zweiten Schlafzimmer ganz für sich alleine sein.

Vor einer Woche hat sie ihm zuliebe einfach mitgemacht und den Sex über sich ergehen lassen, doch von Leidenschaft konnte keine Rede sein. Kathi fühlte sich extrem unwohl und fehl am Platz, denn sie war mit ihrem nackten Körper noch lange nicht im Reinen. Nein, sie konnte keine Lust verspüren und fühlte sich sogar von ihm benutzt.

Mensch, ich wäre doch lieber alleine mit Emma. Ich kann doch keine Beziehung führen, wenn ich viel lieber alleine wäre…

Kathi verdreht die Augen und schnallt sich die Babytrage fest um den Rücken, dann verlässt sie mit festen Schritten die Wohnung.

«Mein kleiner Engel», flüstert sie, «wenn wir erstmal wieder in Deutschland sind, dann wird alles besser.»

***

Gemeinsam mit einer befreundeten Mutter gelang es Kathi, die verbleibenden Wochen in China irgendwie hinter sich zu bringen. Jeden Abend hakte sie einen weiteren Tag im Kalender ab und freute sich dabei schon sehnlichst auf die Abreise.

Während des langen Rückfluges überhörte sie die spitzen Kommentare von Sven mit hochgezogenen Augenbrauen und einem Kopfschütteln. Sie kümmerte sich lieber um Emma und ließ die Vorfreude auf ihr Zuhause alles überstrahlen.

Doch kaum waren die beiden in ihrer Wohnung in München angekommen, gingen die Diskussionen weiter und trieben die dunkle Abwärtsspirale in der Beziehung weiter an. Nach der Arbeit drehte Sven sich einen Joint und verschwand genervt auf dem Balkon, ohne Kathi unter die

Arme zu greifen. Die alltäglichen Streitereien wurden immer ausschweifender, und wenn Emma nachts schrie, musste Kathi sofort aufspringen und zur Babykrippe rennen, um ihn nicht zu wecken. Es war beinahe so, als würde sie um ein gefährliches Wespennest schleichen: Wenn sie einmal hineinstechen würde, bräche das große Chaos aus. Das ganze Kartenhaus würde in sich zusammenfallen.

«Ich bin tagsüber schon mit Emma alleine, kannst du am Samstagmorgen mit ihr spazieren gehen? Dann kann ich auch mal ausschlafen», bat Kathi.

«Ich will auch ausschlafen», zischte Sven, «ich muss die ganze Woche hart arbeiten.»

«Na und? Weißt du, wie ich die ganze Woche schufte?»

«Du schaffst es doch nicht mal, das Badezimmer sauber zu halten.»

«Wir müssen sowas gemeinsam lösen, Sven.»

«Warum kriegst du das nicht alleine hin? Andere Mütter schaffen das doch auch!»

«Wie bitte?»

«Ach, nerve mich jetzt nicht weiter damit, ich schlafe auf jeden Fall am Samstag aus.»

Du wolltest doch das Baby haben.

Nach jedem zermürbenden Streit stand die Trennung wieder unausgesprochen im Raum und wartete geduldig darauf, dass die beiden sie endlich zuließen.

Kathi konnte nicht genau sagen, wann sie ihre Träume für eine gespielte Illusion aufgegeben hatte, aber als Emma ein Jahr alt wurde, war es schon längst geschehen.

Beim Austausch mit befreundeten Elternpaaren staunte sie jedes Mal über das Verhalten der anderen Väter. Die Männer brachten sich liebevoll ein, nahmen den Frauen die Babys ab und teilten sich die anfallenden Aufgaben mit ihnen. Diese Verabredungen waren für Kathi inspirierend und traurig zugleich, weil sie zunehmend bemerkte, dass sie selbst nicht in dieser heilen Welt lebte.

Die abendlichen Diskussionen rissen von Mal zu Mal tiefere Wunden auf. Sven war genervt von Kathis Freunden und wollte am Wochenende lieber alleine zuhause bleiben. Wenn sich die beiden nicht anschwiegen, beschwerte er sich darüber, dass sie seit Monaten keinen Sex mehr hatten. Damit traf er durchaus einen wunden Punkt, denn Kathi konnte ihn tatsächlich nicht mehr an sich heranlassen und fühlte sich regelrecht von ihm abgestoßen. Sobald Sven endlich Ruhe gab, tolerierte sie als Kompromiss seinen steigenden Canabiskonsum, den er wieder hatte aufleben lassen. Die Beziehung war ein Desaster.

Obwohl sich die Trennung über einen langen Zeitraum hinweg leise angekündigt hatte, kam es dazu ganz unverhofft während eines gemeinsamen Urlaubes an der Ostsee, als Kathi ihn nach der Sonnencreme fragte.

Beim Einmassieren der Sonnencreme bemerkte Sven, wie sich bei Kathi vor lauter Unbehagen die Nackenhaare aufstellten, und dann sagte sie endlich die erlösenden Worte, die ihr schon so lange auf der Seele lagen.

« Sven, wir müssen reden.»

«Hm?»

«Ich möchte nicht so weiterleben. Es gibt viele Paare, die sich zu früh trennen und zu schnell aufgeben, aber es gibt auch Paare, die viel zu lange zusammenbleiben. Dazu gehören wir. Ich wäre viel lieber alleine. Es tut mir leid.»

Mit ihrem glasigen und tieftraurigen Blick schaute Kathi ihm direkt in die Augen und in aller Stille löste sich ihre Seele endgültig von seiner Seele ab. Dieser traurige Blick erzählte wortlos davon, dass die kleine Emma nicht so aufwachsen sollte: mit zwei streitenden Eltern und dem ständigen Vorwurf, dass sich die Frau gefälligst um alles zu kümmern hatte. Emma sollte dieses falsche Rollenverständnis nicht miterleben und als erwachsene Frau selbst wiederholen. Kathis Mutter hatte sich auch damals von ihrem Vater getrennt, um das Muster zu durchbrechen, und danach ging es der Familie viel besser. Es war nicht das Ende der Welt.

Die große Träne, die nun langsam Kathis Gesicht herunterkullerte, erzählte davon, dass sie auch resignieren und in der unglücklichen Partnerschaft verweilen könnte, doch das hatte Emma nicht verdient. Kathi nickte ihm liebevoll zu und erzählte mit ihrem Augenaufschlag, dass sie viel früher auf ihre innere Stimme hätte hören sollen. Sie war schon lange nicht mehr glücklich gewesen und wollte sich nicht an ihrem Lebensende fragen, ob sie sich für den richtigen Weg entschieden hatte. Sie wusste doch jetzt schon, dass es der falsche war.

In einer weiteren Träne spiegelte sich die Sehnsucht nach einem anderen Mann wider, denn in erster Linie war sie trotz ihrer Mutterschaft eine Frau, die sich eine harmonische und erfüllende Liebesbeziehung wünschte.

Es war eine extrem schwere Bürde für Kathi, sich in der Beziehung ständig unterzuordnen, nur weil sie diejenige war, die das Baby haben wollte. Kathi sehnte sich nach einem aufmerksamen Partner, der ihre Werte und ihre Vorlieben teilte, oder sich zumindest dafür interessierte. Dieser Mann wäre so vieles, was Sven niemals sein wollte: ein extrovertierter und lebenslustiger Mensch, der ihre Freunde wertschätzte und sie dazu ermutigte, für ihre eigenen Träume zu kämpfen. In vielerlei Hinsicht war dieser Mann sogar ein Feminist, und er würde sie zu neuen Wegen der Selbstverwirklichung ermutigen.

Kathi musste ihre eigenen Bedürfnisse wieder an oberste Stelle setzen und für sich einstehen, um ihrer Tochter ein starkes und emanzipiertes Frauenbild vorzuleben. Wenn nicht sie, wer dann? Diese Trennung war die einzige Möglichkeit, um einem unglücklichen Leben an einem dunklen Abgrund zu entgehen.

Und in diesem tieftraurigen Moment der Wahrheit schwebten zwei Seelen voneinander weg und hinterließen nichts als leise Erleichterung und heilende Stille.

***

Das Universum belohnte Kathis Mut mit einem neuen Lebensgefühl, und sie war als alleinerziehende Mutter niemals wirklich allein. Obwohl sie an einigen Tagen nicht wusste, woher sie ihre Energie nehmen sollte, stellte sie fest, dass sie ungeahnte Kräfte und ein enges Netz aus Familienmitgliedern und Freunden besaß. Beides gab ihr die Zuversicht, dass sie alles schaffen konnte.

Und einige Jahre später lernte sie tatsächlich jenen wundervollen Mann kennen, den sie schon so lange an ihrer Seite gesehen hatte. Durch seine bedingungslose Liebe verblasste sogar irgendwann das schlechte Gewissen, unter dem sie nach der Trennung von Sven litt. Es war nicht leicht, ein kleines Wesen von seinem biologischen Vater zu trennen, doch Robert bestärkte sie in diesem Schritt und nahm ihr die schwere Last von der Seele. Als einfühlsamer Partner verstand er die pochenden Selbstvorwürfe, unter denen Kathi nach der Trennung litt – wie so viele andere Frauen, die solch eine schwere Entscheidung treffen müssen.

Über die Jahre hinweg lernte sie, dass all ihre zermürbenden Gedanken gehört, verziehen und geheilt werden mussten, und dabei half ihr Robert mit seinem geduldigen Zuspruch. Er sah das große Fragezeichen in ihren Augen und machte ihr immer wieder bewusst, dass sie den richtigen Weg gewählt hatte.

Kathi rutschte allmählich in ein Leben hinein, das ihren Vorstellungen von einer glücklichen Partnerschaft und einem intakten Familienleben entsprach.

Oftmals staunte sie darüber, wie wohl sich ihre Tochter

bei Robert fühlte und mit einem Augenzwinkern scherzte sie, dass die kleine Emma ihn sich heimlich als Vater ausgesucht hatte.

Auf den kunterbunten Urlaubsfotos, die in ihrer Wohnung die Wände zierten, strahlten Kathi und Robert überglücklich in die Kamera, und eines Tages begannen sie damit, am Rande einer großen Stadt ein Haus zu bauen. An einem idyllischen Waldstück gelegen wuchs das Holzhaus in die Natur hinein: Unzählige Holzplatten wurden feinsäuberlich aufeinandergeschichtet, um für die kleine Emma ein liebevolles und sicheres Zuhause zu bauen.

Es gab schon lange kein wackliges Kartenhaus mehr, das in sich zusammenfallen konnte. Im neuen Haus roch es nach Tannenzapfen, Gemütlichkeit, Wärme und Heimat.

IV

Liebe braucht Zeit zum Wachsen

«Der Muttermund ist keine zwei Zentimeter geöffnet.»

«Was? Noch nicht weiter?», fragt Antonia erschöpft.

«Leider nein», antwortet die Ärztin.

«Wir können die PDA erst einleiten, wenn es ungefähr vier Zentimeter sind. Es tut mir leid, Frau Meiss.»

«Wie lange dauert das?», presst Antonia unter Schmerzen hervor.

«Nicht mehr lange. Aber für eine Periduralanästhesie ist es noch zu früh, sonst kann es zu Komplikationen bei der Geburt kommen.»

Die Ärztin wirft einen kurzen Blick auf den Monitor.

«Aber keine Sorge, Ihrem Baby geht's gut.»

Antonia starrt nach oben an die Decke und krallt ihre Hand in die Matratze, dann wandert ihr Blick zur großen Wanduhr. Es ist schon acht Uhr morgens.

«Oh Gott, es tut so weh», stöhnt sie, «ich will doch einfach nur die PDA haben.»

Seit mehr als acht Stunden kämpft Antonia mittlerweile gegen Höllenschmerzen im Unterleib an. Mit jeder neuen Minute verstärkt sich der Schmerz und fühlt sich stechender, schlimmer und tiefer an. Es scheint beinahe, als wolle das Baby ihren Körper in zwei Teile reißen.

«Nein, ich kann nicht mehr! Es reicht! In den anderen Sälen kommt seit Mitternacht ein Baby nach dem anderen zur Welt, aber hier ist kein Ende in Sicht, und ich will--»

Die letzten Worte verschluckt Antonia hinter einem großen Kloß im Hals, und wie so häufig in den letzten Stunden fängt sie bitterlich an zu weinen. Sie schluchzt vor Schmerzen, Erschöpfung, Müdigkeit und Hilflosigkeit.

Dieses Kind soll doch einfach nur rauskommen, denkt sie, und es ist ihr vollkommen egal, auf welche Art und Weise.

Bereits nach der Ankunft im Krankenhaus ahnte Antonia, dass sie keine leichte Geburt haben würde. Als sie mit ihrem Mann aufgeregt an der Rezeption ankam, wurde sie von den Krankenschwestern noch liebevoll belächelt. Eine Schwester zwinkerte ihr zu und sagte mit einem triezenden Unterton, dass die meisten Paare beim ersten Kind viel zu früh im Krankenhaus seien.

«Kommen Sie, Frau Meiss, ich bringe Sie erstmal auf ein Zimmer», sagte die nichts ahnende Schwester, «dann können Sie sich ausruhen und etwas schlafen.»

Doch schon im nächsten Moment, als Antonia vor der Rezeption zusammenbrach und ihre Schreie durch den ganzen Flur hallten, war die Schwester alarmiert und holte den Stationsarzt.

«Es geht gleich los! Sofort in den Kreißsaal!», rief der Arzt.

Genau in diesem Moment, als die Uhr um Mitternacht schlug, begannen die schlimmsten Stunden ihres Lebens, denn trotz eines unermüdlichen Kampfes öffnete sich der Muttermund die ganze Nacht lang keinen Zentimeter.

Es geht gleich los?

Von wegen.

Antonia bekam zwar ein leichtes Schmerzmittel verabreicht, allerdings konnte sie die Wirkung davon nicht im Geringsten spüren.

«Die Ärzte geben mir Buscopan?», rief sie wütend.

«Soll das jetzt ein Witz sein? Das nehme ich gegen Regelschmerzen. Diese Wehen sind tausendmal schlimmer als meine stärksten Regelschmerzen!»

Zu diesem Zeitpunkt müsste es etwa vier Uhr morgens gewesen sein.

In den darauffolgenden Stunden saß Antonia in einer Geburtsbadewanne, um sich zu entspannen, doch der Muttermund blieb hart und verschlossen. Danach kamen die Ärzte auf die Idee, ihre Wehenschmerzen mit Lachgas zu lindern, aber schon nach wenigen Minuten brüllte Antonia vor Schmerzen nicht mehr in den Raum hinein, sondern in die transparente Atemmaske.

Es war wie in einem Horrorfilm.

Von der darauffolgenden Medizin, die nun endlich den Muttermund öffnen sollte, wurde Antonia speiübel. Ihre Hebamme hatte einmal gesagt, dass man vor der Geburt möglichst viel essen solle, und so kam alles in mehreren Schüben wieder raus, bis auf den allerletzten Bissen.

Antonia musste sich fünfmal übergeben, vermutlich wegen der unverträglichen Medizin, vielleicht aber auch wegen der zunehmenden Angst, diese Geburt nicht zu überleben.

«Mir reicht's, kann ich jetzt die PDA haben? Es ist acht Uhr morgens.»

Antonia richtet sich entschlossen auf und winkt ihren Ehemann ans Bett heran.

«Ich kann nicht mehr, Jonas, es hilft alles nichts», protestiert sie und schaut bettelnd zu den Ärzten.

«Bitte... bitte!»

Jonas starrt sie mit geröteten Augen an und streichelt ihr liebevoll die Stirn. Auch ihm scheint die Frage durch den Kopf zu gehen, wie seine Frau nach einer schlaflosen Nacht mit entleertem Magen ein Kind zur Welt bringen soll.

«Schatz, du bekommst eine PDA», sagt er tröstend, «aber wir müssen erstmal auf vier Zentimeter kommen, okay?»

Antonia lehnt sich erschöpft zurück und zieht sich die dünne Decke über den Kopf. Während ihrer Schwangerschaft hatte sie alle Frauen belächelt, die während einer Geburt nach Schmerzmitteln oder sogar einer Anästhesie verlangten. In ihrer positiven Zuversicht war Antonia davon überzeugt gewesen, dass man das Gebären eines Kindes auch ohne Narkose schaffen würde, und ein wenig Schmerz gehörte doch zu einer Geburt dazu. In ihrer ganzen Familie gab es nur schnelle Ruck-Zuck-Geburten mit wenig Aufsehen. Anästhesie, Medikamente und riskante Spritzen ins Rückenmark – das erschien ihr alles übertrieben. Immerhin gebarten Frauen seit Jahrtausenden auf natürliche Art und Weise ihre Kinder, sagte Antonia dann stets zu ihren Freundinnen, das konnte doch alles nicht so schwer sein.

Nie wieder in ihrem ganzen Leben wird sie solch absurde Dinge sagen, denkt sie, und krallt sich wieder in die dünne Matratze hinein.

«Ich kann nicht mehr, wann ist das endlich vorbei?», ruft sie hysterisch.

«Frau Meiss, wir haben es fast geschafft. Sie beide müssen jetzt nochmal stark sein», mahnt der Arzt und schaut

Jonas mit Nachdruck an.

Antonia lehnt sich verzweifelt zurück und schließt die Augen, während sie die streichelnde Hand ihres Mannes am Unterarm spürt. Sie versucht mit aller Mühe, ihre Aufmerksamkeit von den Wehen wegzulenken und sich auf die zarten Berührungen von Jonas zu konzentrieren.

Aushalten, einfach nur aushalten, bis alles vorbei ist.

Und nach zwei weiteren qualvollen Stunden ist es endlich soweit: Um zehn Uhr morgens erbarmt sich ihr Körper und öffnet den Muttermund vier Zentimeter weit. Ein Anästhesist drückt ihr die rettende Spritze in die Wirbelsäule, dann breitet sich eine angenehme Taubheit im Rücken aus und legt sich sanft über den Bauchnabel, den Unterleib und die Oberschenkel. Mit müden Augen schaut Antonia zu Jonas und greift nach seiner Hand. Die Schmerzen lassen nach.

Endlich Ruhe.

***

«Jonas? Bist du da? Ich spüre… wieder irgendetwas», stottert Antonia.

Voller Entsetzen reißt sie ihre Augen auf und krümmt den Oberkörper nach vorne. Noch immer liegt sie im gleichen Bett, im gleichen Zimmer, und der Muttermund bleibt verschlossen. Seit der Ankunft im Krankenhaus sind mittlerweile sechzehn Stunden vergangen und die

Geburt zieht sich in den Nachmittag des nächsten Tages hinein. Das Krankenhauspersonal hat sie einen Moment alleine gelassen, damit sie sich ausruhen kann.

«Entschuldigung? Hallo?», ruft Antonia in Richtung des Flures.

«Ich glaube, meine PDA lässt nach!»

Mit entsetzten Augen springt Jonas von seinem Stuhl auf und rennt in den Flur, um Hilfe zu holen. Der Stationsarzt betritt den kleinen Raum mit einem Klemmbrett in der Hand.

«Die PDA.... mal sehen... Frau Meiss, das kann nicht sein», sagt der Arzt flüchtig und schüttelt mit dem Kopf.

«Doch, das kommt bestimmt vom Wehenverstärker», wimmert Antonia.

«Hey! Meine Frau hat starke Schmerzen», zischt Jonas mit einem wütenden Unterton, «das denkt man sich doch nicht aus! Sie zittert am ganzen Körper, sehen Sie das nicht?»

«Doch, aber die Dosierung sollte--»

«Holen Sie jetzt den Anästhesisten», sagt Jonas ungeduldig und tritt an den Arzt heran.

Antonia wischt sich mit der Hand eine Träne von der Wange und bewegt kaum sichtbar ihre Lippen.

Danke.

Mittlerweile ist sie am Ende ihrer körperlichen Kräfte angelangt und hat schon längst das Gefühl für Raum und Zeit verloren. Niemals hätte sie gedacht, dass die Geburt ihrer Tochter so langsam und schmerzhaft vorangehen würde.

Als der Anästhesist den Raum betritt, eilt Jonas zu ihm und bittet ihn darum, den Katheter zu überprüfen. Antonia kann das Geschehen mit trüben Augen wahrnehmen, aber die Silhouetten und Gesichter verschwimmen langsam ineinander.

«Meine Frau hat wirklich starke Schmerzen», hört sie ihren Mann vorwurfsvoll sagen, und dann glaubt sie sogar, ihn weinen zu hören.

Im nächsten Moment spürt sie ein heftiges Piksen und Ruckeln am unteren Rücken.

«Wie kann das passieren?», schimpft jemand verärgert.

Tatsächlich ist der Führungskatheter verrutscht und die Betäubung hat nachgelassen.

«Was ist passiert?», fragt sie verwirrt.

«Es wird gleich besser», flüstert Jonas leise.

Antonia verspürt den inneren Drang, sich lauthals über das medizinische Personal zu beschweren, und wütend in die Runde zu brüllen, aus welchem Grund sie sich diese Horrorschmerzen ausdenken sollte. Doch schon beim Luftholen erinnert sie ihr schwacher Körper daran, dass sie ihre letzten Kräfte nicht verschwenden darf.

Als sie ihren Kopf niedergeschlagen nach rechts zum Fenster neigt, bemerkt sie, dass es draußen dunkel wird.

«Die zweite Nacht», jammert sie leise.

Nach einigen Minuten kommt der Stationsarzt in den Raum und tritt mit erwartungsvoller Miene an sie heran.

«Frau Meiss, Sie sollten jetzt nichts mehr spüren. Die

zweite PDA ist gelegt.»

«Ja, langsam geht's besser. Gott sei Dank.»

«Wollen wir es nochmal probieren?»

«Was? Wie? Noch ein Versuch?»

«Ja, Ihrem Baby geht es wunderbar und der Muttermund ist schön weit geöffnet. Wir wären dann soweit.»

Antonia blickt die motivierend nickende Hebamme an und sucht in den müden Augen von Jonas nach einem Anhaltspunkt. Was erwarten all diese Menschen, denkt sie, nachdem sie ihre letzten Energiereserven in den letzten zwanzig Stunden längst aus sich rausgebrüllt hat.

«Die Schmerzen sind immerhin weg», brummt sie.

Nein, sie kann jetzt nicht mehr abwägen oder angemessen reagieren, sondern muss nur noch ein einziges Mal funktionieren, damit sich dieser Albtraum endlich dem Ende zuneigt.

«Gut, von mir aus.»

In diesem Moment bemerkt Antonia, dass etwas in ihrem Inneren immer leiser wird und langsam verschwindet. Vorfreude, Ungeduld, Frustration, Hoffnung und Wut – all das weicht einer sonderbaren Gleichgültigkeit. Antonia spürt innerlich rein gar nichts mehr. Es fühlt sich an, als würde sie ihren schwachen Körper hinter sich lassen und ihre Präsenz in der Gegenwart mit einem Schalter ausknipsen, einfach nur, um diese Geburt irgendwie zu überleben.

***

«Kommen Sie, nur noch einmal! Sie schaffen das!»

Die Geburt hat sich in die zweite Nacht hineingezogen. Antonia war schon am frühen Abend am Ende ihrer körperlichen Kräfte, aber nun fühlt es sich an, als ob sie keinen einzigen Tropfen Leben mehr in sich trägt.

«Ich habe doch gesagt, ich will einen Kaiserschnitt», schluchzt Antonia.

Verzweifelt blickt sie in die verschwommenen Gesichter über dem Bett, doch niemand hört auf sie, und es scheint ihr unmöglich, all die verstörenden Gedanken auszusprechen, die ihr gerade durch ihren Kopf gehen.

Seht ihr alle nicht, wie schlecht es mir geht?

Wie lange soll ich mich noch für dieses Baby aufopfern?

Warum wollt ihr mich zu einer natürlichen Geburt drängen?

Die Hebamme tritt näher an sie heran und nimmt ihre Hand.

«Nur noch einmal, Frau Meiss! Los! Sie schaffen das!»

«Nein, ich will einfach nur, dass das Kind rauskommt! Die zweite PDA lässt auch schon wieder nach!»

Antonia würde so gerne lauter protestieren, weinen, brüllen und wütend den Raum verlassen, aber sie ist in ihrem geschundenen Körper gefangen und kann kaum noch reagieren.

«Es muss aufhören», schreit Antonia.

Plötzlich steigen Todesängste ihre Kehle hoch. Es fühlt

sich an, als würde ihr Körper in einen bewusstlosen Schutzmodus verfallen, indem es nur noch ums reine Überleben geht. Kurz vor der Ohnmächtigkeit ruft Antonia noch einmal die gleichen Worte.

«Ich will einen Kaiserschnitt. Gebt mir dieses Dokument… ich unterschreibe.»

Mit Tränen in den Augen schaut Antonia zu Jonas und wirft ihm einen flehenden Blick zu. Ohne Worte erzählen ihre glasigen Augen davon, wie hilflos sie ist und was nun getan werden muss.

Jonas nickt ihr liebevoll zu und packt den Arzt an der Schulter.

«Haben Sie nicht gehört? Sie will einen Kaiserschnitt!»

Antonia atmet erleichtert auf.

«Hören Sie? Wir machen jetzt einen Kaiserschnitt. Meine Frau liegt seit zwei Nächten in den Wehen. Jetzt, sofort!»

«Sind Sie beide sicher? Frau Meiss...?»

Mit einem hastigen Nicken und einer Handbewegung, die eine Unterschrift andeutet, verlangt Antonia nach dem Dokument. Ein Kaiserschnitt ist zwar das letzte, was sie sich gewünscht hat, aber sie muss dieses Baby einfach nur gebären, loswerden, abgeben, und den Höllenschmerz nach mehr als dreißig Stunden beenden.

Das Papier macht leise Knittergeräusche, die schwarzen Buchstaben verschwimmen vor ihren Augen und kurz nach dem Unterschreiben knickt Antonia benommen weg. Dann geht alles ganz schnell.

Antonia nimmt einen anderen Raum wahr, mit grellen Lampen und fremden Gesichtern, und dann noch mehr

Taubheit am ganzen Körper.

«Jetzt gut festhalten», sagt die Hebamme irgendwann.

«Ist es endlich vorbei?»

«Sehen Sie, hier ist Ihre Tochter.»

Als ihr das Mädchen auf die Brust gelegt wird, versucht Antonia mit aller Mühe, in die Gegenwart zurückzufinden, doch ihre Augen fallen zu.

«Schatz, du hast es geschafft», flüstert Jonas.

Wenige Momente später hört sie das glückliche Schluchzen ihres Mannes, der seine Tochter zum ersten Mal in den Armen hält.

«Sie ist wunderschön», sagt er überwältigt.

Doch Antonia kann dem Baby keine Aufmerksamkeit schenken und fällt beinahe in einen Dämmerschlaf.

«Es ist endlich vorbei», murmelt sie erleichtert.

Kurz vor dem Einschlafen realisiert Antonia, dass sie gerade zum ersten Mal ihre Tochter auf der Brust gespürt hat, doch sie empfindet keinerlei Freude oder Überwältigung, kein Mutterglück und vor allem keine Liebe.

Nichts.

***

«Mensch, Frau Meiss! Sie sollten zufüttern! Das Baby verliert doch mit jedem Tag mehr an Gewicht.»

Die Krankenschwester stellt Antonia ein Glas Wasser ans Bett und beobachtet das Neugeborene, dann tritt sie näher an die Krippe heran und deckt das Mädchen zu.

«Danke, aber ich möchte nicht zufüttern», antwortet Antonia genervt und verdreht die Augen.

In den letzten drei Tagen hat sie sich schon mehrmals mit der Schwester angelegt. Die beiden können sich seit der Geburt nicht leiden.

«Warum nicht? Es wäre das Beste für Ihr Baby.»

«Weil Lily dann noch schlechter meine Brust nimmt. Meine Güte, das Stillen ist schon schwer genug.»

«Das ist ja genau das Problem. Mit dem Stillen klappt es bei Ihnen so gut wie gar nicht. Das Baby nimmt die Brust nichtmal.»

Mit einem Kopfschütteln verlässt die Krankenschwester den Raum und zieht die Tür hinter sich zu.

«Jaja, ich weiß, ich mache alles falsch», murmelt Antonia.

Seit der Geburt liegt sie ganz alleine in diesem winzigen Zimmer, ohne ihren Mann, ihre Eltern oder ihre Schwestern. Wegen der strengen Sicherheitsmaßnahmen während der Corona-Pandemie ist jeglicher Besuch untersagt.

«Ich war so naiv.... ich bin davon ausgegangen, dass du einfach trinkst», sagt sie trotzig zu ihrer Tochter.

Lily schläft selig in der Krippe neben ihrem Bett. Antonia beobachtet das kleine Mädchen eine Weile und zuckt plötzlich zusammen.

«Autsch!»

Ein stechender Schmerz fährt durch ihre rechte Brustwarze, und Antonia presst sich die flache Hand auf den Mund, um keinen Laut von sich zu geben.

Sie fürchtet den Moment, in dem die Krankenschwester

wieder hereinkommt und ihr Lily auf die Brust legt, um das schmerzhafte Stillen erneut zu probieren. Es klappt einfach nicht.

Die Krankenschwester sagte ihr beim letzten Mal mit einem bevormundenden Unterton, dass die Muttermilch von ganz alleine fließen würde, wenn man das Baby nur richtig anlegt, in der richtigen Position, mit viel Gefühl und Zärtlichkeit.

«Vielleicht nimmt ein perfektes Baby in einer perfekten Welt sofort die Brust, aber ich habe scheinbar keine perfekten Brustwarzen», antwortete Antonia genervt.

Wegen der Kaiserschnittnarbe kann sie das Baby nicht alleine hochheben, und so ist sie dem Krankenhauspersonal völlig hilflos ausgeliefert. Jeder Bewegungsversuch ohne fremde Hilfe scheitert kläglich. Ihre Wunden im Unterleib brennen vor Schmerzen und sie kann sich nur mit Mühe bewegen. Durch den Schweiß und das tagelange Liegen sind ihre Haare mittlerweile so verheddert, dass sie mit einer normalen Haarbürste nicht mehr durchkommt.

Noch immer trägt Antonia den blauen Krankenhauskittel und ihre liebevoll gepackte Krankenhaustasche hat sich als völlig nutzlos erwiesen. Am vorigen Abend wollte sie ein neues Paar Socken anziehen, doch ihre Füße waren völlig aufgequollen. Die eingepackten Unterhosen drückten auf die Kaiserschnittnarbe und der Wollpullover hatte einen zu engen Halsausschnitt. Lieber hätte sie ein großes Stilloberteil mit einem weiten Ausschnitt einpacken sollen.

«Wahrscheinlich bin ich die Einzige, die schon beim Packen alles falsch gemacht hat», murmelt Antonia, «ich will endlich hier raus».

Dummerweise darf ihr wegen der Corona-Pandemie auch niemand etwas vorbeibringen. Sie greift nach ihrem Smartphone, doch dann legt sie es seufzend wieder beiseite. Die Telefonate mit ihrer Familie sind nicht so aufmunternd, wie sie sich anfangs erhofft hat, denn ständig soll sie bloß etwas über das Baby erzählen. Noch immer wartet Antonia darauf, dass jemand nach einer zweitägigen Geburt, bei der sie mehrmals Todesängste hatte, nach ihrem Wohlbefinden fragt.

Du Arme! Hauptsache, dem Baby geht's gut!

Wenn du Lily anschaust, vergisst du den Schmerz, oder?

Klappt es mit dem Stillen? Nimmt die Kleine endlich die Brust?

Nein, sagt Antonia dann im Geiste, ein solches Trauma verschwindet nicht einfach, nur weil sie verzückt ein Baby anschaut. Es ist enorm anstrengend, darauf zu antworten, ob sie schon an den kleinen Babyfüßen gerochen und sich vollends verliebt hat. Nein, nein, und nochmals nein.

Noch immer empfindet sie nur Gleichgültigkeit, Erschöpfung und Verdruss gegenüber Lily. Wenn die Kleine auf ihrer Brust einschläft, spürt Antonia nicht die erhoffte, alles umfassende Mutterliebe. Dazu hängt ihr die schreckliche Geburt noch viel zu stark in den Knochen.

Plötzlich rinnen zwei Tränen über ihre Wangen, und dann bemerkt sie, dass sie zumindest eines in den letzten

Tagen dazugelernt hat: leise zu weinen.

Die Geburt ihres Kindes sollte eigentlich der schönste Moment in ihrem Leben werden, aber nun liegt sie vollkommen alleine und hilflos in einem sterilen Zimmer und fühlt sich wie eine Gefangene im eigenen Körper. Der Kontrast zwischen Erwartung und Realität hätte größer nicht sein können.

«Warum immer ich?», schluchzt Antonia und dreht sich auf die andere Seite, mit dem Rücken zu ihrer Tochter.

Scheinbar bestraft sie das Universum mit schlimmen Symptomen, die keine andere Frau auf dem Planeten erleidet.

Schon während der Schwangerschaft hatte Antonia ähnliche Gedanken, denn sie litt unter furchteinflößenden Beschwerden, von denen ihr niemand vorher erzählt hatte. Als schwangere Frau hatte sie nicht den berühmten «Glow» im Gesicht, eher im Gegenteil: Antonia fühlte sich wie eine kränkliche Großmutter, die schon nach wenigen Treppenstufen keuchen und sich andauernd hinsetzen musste. Ihre Haut spielte vollkommen verrückt und sie hatte von morgens bis abends Rückenschmerzen. Zudem litt sie unter Sodbrennen und etwas Merkwürdiges geschah mit ihrem Schließmuskel, denn es gab Momente, in denen der Stuhl einfach durchrutschte, direkt in die Unterwäsche hinein.

Nein, in keinem Mama-Blog oder Ratgeberbuch hatte sie jemals davon gelesen.

Im Geburtsvorbereitungskurs gaben einige Frauen erst nach wiederholtem Nachfragen zu, dass sie mit ähnlichen

Problemen zu kämpfen hatten – oder mit anderen Sorgen, von denen Antonia glücklicherweise verschont blieb. Es waren die gleichen Frauen, die anfangs davon schwärmten, wie wundervoll eine Schwangerschaft sei.

Antonia fand es verblüffend, was für ein verklärtes Bild des Schwangerseins in großen Teilen der Gesellschaft kursierte – und wie das Leben von ohnehin schon leidenden Frauen dadurch erschwert wurde. Nur durch ständiges Nachbohren fand sie allmählich heraus, dass nicht jede Frau ihre Schwangerschaft in vollen Zügen genießt.

Nein, nicht jede Frau ist mit einem kugelrunden Bauch und geschwollenen Füßen überglücklich. Viele Frauen setzen sich eher mit der Frage auseinander, wann diese unangenehme Phase endlich aufhört. Nicht nur während der Schwangerschaft, sondern auch nach der Geburt.

«Verdammt, es reicht mit diesem Schöngerede», flucht Antonia und rappelt sich im Krankenhausbett auf.

Mit zitternden Händen greift sie nach dem Smartphone, um ihre Schwester anzurufen. Vanessa arbeitet als Krankenschwester in einem anderen Krankenhaus und lässt sich durch nichts aus der Ruhe bringen.

«Vanessa?»

«Huhu», flötet ihre Schwester, «alles gut bei dir?»

Antonia beißt sich auf die Lippen. Sie weiß nicht genau, was sie gerade tut, aber ihre Stimme redet von ganz alleine weiter.

«Geht so… kannst du diese Woche bei uns schlafen?»

«Was ist denn los?»

«Die Entlassung ist erst in drei Tagen, aber ich muss hier

raus. Das Krankenhaus ist schrecklich und ich möchte in meinem eigenen Bett gesundgepflegt werden.»

«Oh, okay! Geht es der Kleinen denn gut?»

«Ja... es ist wegen mir. Ich bin total alleine und das Baby... ich weiß auch nicht. Es klappt einfach gar nichts. Ich soll Lily versorgen, aber ich habe keine Ahnung, wie das gehen soll. Und ich fühle gar nichts für dieses Baby.»

Vanessa hält einen kurzen Moment inne, dann ändert sich die Tonalität ihrer Stimme.

«Ich verstehe... lass' mich ein paar Anrufe machen, ja? Ich bin für dich da und komme so schnell wie möglich.»

«Danke. Ich drehe durch, wenn du mich hier nicht rausholst. Ich fühle mich wie in einem Gefängnis.»

«Wir schaffen das, okay? Ich hole dich nach Hause. In erster Linie muss es dir als Mutter gutgehen, damit es deinem Kind gutgehen kann.»

«Ja, ich weiß», stammelt Antonia, «aber ich kann einfach nichts mit ihr anfangen. Sie ist mir immer noch total fremd, das ist doch komisch.»

«Keine Sorge, das geht vielen Müttern so. Du bist nicht die Einzige. Du bleibst bitte erstmal in deinem Bett liegen und ruhst dich aus, bis ich dich zurückrufe. Verstanden?»

An der Reaktion ihrer Schwester erkennt Antonia, dass sie tatsächlich nicht die einzige Mutter ist, die mit ihren Muttergefühlen hadert. Vanessa verändert in einigen Situationen ganz subtil ihre Art zu sprechen. Der Klang ihrer Worte hört sich dann professioneller an und sie spricht mit einer routinierten Autorität. Das macht sie nur bei Themen, die ihr häufiger im Krankenhausalltag begegnen.

«Toni, ich rufe dich so schnell wie möglich zurück!»

«Danke», antwortet Antonia erleichtert, dann umschließt sie das Smartphone mit beiden Händen und drückt es an ihr Herz.

Zum ersten Mal seit der Geburt spürt sie ein heftiges Gefühl in sich aufsteigen, das sie mit einem schweren Schlucken wieder herunterdrängen will. Doch die hochwirbelnde Emotion gelangt an die Oberfläche, und mit einem Mal wird Antonia bewusst, dass sie tatsächlich nicht die geringste Form von Mutterliebe empfindet. Es herrscht eine große Leere in ihrem Herzen, obwohl sie sich so sehr darauf gefreut hat, endlich Mutter zu werden. Antonia hat seit Jahren darauf hingearbeitet, schwanger zu werden, und Lily war ein lang ersehntes Wunschkind.

Nur im vertrauten Gespräch mit ihrer Schwester kann sie die verstörenden Gedanken zulassen und sich ernsthaft damit auseinandersetzen: Warum fällt es ihr so schwer, sich emotional auf dieses Baby einzulassen? Und vor allem: Wie kann man als Mutter sein eigenes Kind nicht lieben?

***

Wie die meisten Frauen ging Antonia davon aus, dass sich Mutterliebe ganz von selbst mit der Geburt des Kindes entfaltet, doch dem war nicht so. Die ersten Tage und Wochen im eigenen Zuhause waren für Antonia enorm anstrengend und die große Leere in ihrem Herzen verschwand nicht. Jeden Morgen, wenn sie ihre Tochter ansah, fühlte sie sich wie ein gefühlloser Roboter, der das Baby mechanisch wickeln, umziehen, schaukeln und stillen musste.

Antonia konnte mit dem Finger nicht auf die Ursache zeigen, aber sie vermutete, dass die traumatische Geburt etwas mit ihrer Psyche angestellt hatte. War sie währenddessen in eine Art Schutzmodus gerutscht, aus dem sie alleine nicht mehr herauskam? Allerdings sagte ihre Schwester, dass auch Frauen mit einer unkomplizierten in solch ein Gefühlsloch fallen konnten. Vielleicht wurde Antonia wegen den anhaltenden Schmerzen beim Stillen auch von einer längeren Wochenbettdepression heimgesucht. Wer wusste das schon? Und welchen Unterschied würde es machen, diese dunkle Zeit zu benennen?

Während der Schwangerschaft hatte Antonia gelesen, dass jede siebte Frau von einer Wochenbettdepression betroffen war – aber sie hatte damals nur die Augen verdreht und den Artikel schnell wieder beiseitegelegt. Sie fand den Gedanken verrückt, dass man sein eigenes Kind nach der Geburt nicht lieben konnte. Niemals hätte sie gedacht, dass sie selbst einmal davon betroffen sein könnte.

Auch zu Beginn des zweiten Monats fühlte Antonia mit jedem neuen Tagesanbruch eine dunkle Leere in sich. Ihr eigener Körper war ihr völlig fremd und sie musste immerzu darauf achten, keine hektischen Bewegungen zu machen, um sich vor Stößen zu schützen.

Jonas nahm häufig erst gegen Mitternacht seine erste warme Mahlzeit ein. Er wollte seiner ausgelaugten Frau möglichst viel Arbeit abnehmen, und dennoch musste er mit gebrochenem Herzen dabei zusehen, wie schlecht es ihr ging. Er kam emotional einfach nicht mehr an sie heran. Es war keine leichte Zeit für die kleine Familie.

Auch Antonias Mutter äußerte gelegentlich ihre Bedenken: «Du verhältst dich merkwürdig, Kind. Du bist doch gar nicht mehr wirklich hier, oder?»

Doch Antonia zuckte nur emotionslos mit den Schultern und konzentrierte sich schnell wieder auf das, was nötig war: funktionieren, funktionieren, funktionieren. Wickeln, Umziehen, Schaukeln, Stillen, und alles wieder von vorne.

Lediglich mit ihrer Schwester sprach sie heimlich über ihre Zweifel, und das erschien ihr schon schwer genug. Es ergab für sie keinen Sinn, noch mehr unwissende Leute einzuweihen, weder ihre Mutter noch ihren Ehemann.

Was hätten die beiden auch tun sollen?

Immerhin sahen sie alle, dass in ihrem Leben das absolute Chaos herrschte. Beim Stillen musste Antonia vor Schmerzen weinen, denn Lily biss die offenen Wunden an ihren Brustwarzen immer wieder auf, und jedes Mal verkrampfte sich ihr Körper von oben bis unten. Antonia schlief kaum und fand keine Zeit mehr zum Essen oder Duschen. Die kleine Lily war rund um die Uhr auf sie angewiesen, denn sie wollte ständig umsorgt und gestillt werden.

Abgesehen davon, dass Antonia auch im zweiten Monat noch keine emotionale Bindung zu ihrer Tochter spürte, fühlte sie sich zunehmend in die Enge getrieben. Gelegentlich schäumte sie vor Eifersucht, wenn Jonas spontan das Haus verließ oder kurz bei einem Freund vorbeischaute. Einfach losgehen und alles liegen lassen, das würde für Antonia in den nächsten Jahren nicht mehr möglich sein. Dieser Gedanke jagte ihr eine fürchterliche Angst ein und nahm ihr die Luft zum Atmen.

***

Acht Wochen nach der Geburt eskalierte die Situation, denn Antonia konnte die schützende Fassade nicht länger aufrechterhalten. Es geschah an einem regnerischen Mittwochnachmittag, als ihre Mutter zu Besuch war. Die beiden tranken gemeinsam einen Tee und irgendwann stand Antonia auf, um die Zuckerdose aus dem Küchenschrank zu holen. Dabei offenbarte sich eine große Packung Milchpulver.

«Mensch, Antonia», rief ihre Mutter empört, «du musst dein Baby doch stillen.»

Mit einem vorwurfsvollen Kopfschütteln stellte sie ihre Teetasse ab und wartete auf eine Erklärung ihrer Tochter.

«Ach Mama, lass' mich einfach», antwortete Antonia genervt.

Mit einer leichten Handbewegung wollte sie das unangenehme Thema abhaken und weiter über die angenehm trivialen Alltagsprobleme ihrer Mutter sprechen.

«Nein, ehrlich! Du kannst doch kein Milchpulver nehmen. Was tust du deinem Kind da an? Meine Güte!»

«Mama», zischte Antonia, «ich habe weniger als drei Stunden geschlafen.»

«Dein Baby braucht deine Muttermilch und die ganzen Antikörper», protestierte ihre Mutter, «das ist wie eine natürliche Impfung. Du willst doch kein krankes Kind mit lauter Allergien großziehen.»

In diesem Moment zuckte Antonia vor Schmerzen zusammen. Die Wunde an ihrer linken Brustwarze, an der sich gerade eine Blutkruste gebildet hatte, flammte wieder auf. Antonia verstand das Warnsignal ihres Körpers.

«Mama, es reicht jetzt!», schimpfte sie.

«Ich wollte dir eigentlich nicht erzählen, dass ich eine Stillpause mache, weil ich wusste, dass du mich verurteilst! Ich habe mich sogar geschämt, aber weißt du was? Das ist mir alles völlig egal. Ich muss gar nichts! Ich muss mir selbst nichts beweisen, und vor allem muss ich dir nichts beweisen. Ich kann selbst über meine Brüste und meinen Körper entscheiden und ich mache nichts mehr, was mir wehtut. Das habe ich viel zu lange gemacht. Wenn ich momentan nicht stillen will, dann ist das eben so. Punkt. Das heißt nicht, dass ich selbstsüchtig bin, oder eine schlechte Mutter.»

«Aber Antonia, ich wollte doch nur--»

«Was wolltest du, Mama? Du hast seit der Geburt immer nur gefragt, wie es Lily geht. Lily, Lily, Lily! Denkst du wirklich, dass ich die schreckliche Geburt sofort wieder vergesse, nur weil ich das Baby angucke? Das ist völliger

Blödsinn! Warum erwartet ihr alle von mir, dass ich so tue, als hätte es diese Horrorgeburt nie gegeben? Ich habe langsam echt genug davon, dass es immer nur um das Baby geht. Ich habe wirklich gelitten, und ich dachte sogar, ich muss sterben.»

Und genau in diesem Moment, als Antonia in die glasigen Augen ihrer Mutter blickte, platzte der innere Knoten mit einem lauten Knall. Ihre Seele öffnete sich und das verletzte «Ich» drang zurück an die Oberfläche. All die Schutzmechanismen der letzten Wochen brachen in sich zusammen und Antonia verstand plötzlich, dass sie ihre ambivalenten Emotionen zulassen musste, um vorwärts zu kommen. Sie musste ihre negativen Gefühle endlich annehmen und sich eingestehen, dass ihr kleines Baby in vielerlei Hinsicht für Enttäuschung, Wut und Erschöpfung sorgte.

Und vor allem musste sie akzeptieren, dass Mutterliebe nicht bei allen Frauen naturgegeben war.

Niemals hätte sie damit gerechnet, denn ihre Eltern waren über dreißig Jahre lang glücklich verheiratet. Seit ihrer Kindheit kannte Antonia nur Harmonie und bedingungslose Unterstützung innerhalb der Familie – und dennoch war gerade sie es, die keine Mutterliebe empfinden konnte. Sie gehörte nun einmal zu dieser Gruppe von Frauen, ob sie es wollte oder nicht.

Die Erfahrungen der letzten Wochen lehrten sie, dass sich einige Frauen der Mutterschaft langsam annähern mussten, um die Liebe zum eigenen Kind aus dem Nichts zu erschaffen. Es war noch nicht abzusehen, wie lange es bei ihr dauern würde, vielleicht einen Monat oder ein ganzes Jahr. Antonia wusste lediglich, dass sie ganz vorsichtig und geduldig sein musste, vor allem in solch schwierigen Zeiten, in denen sie sich selbst nicht mehr wiedererkannte.

«Tut mir leid, das wollte ich nicht», sagte ihre Mutter bedrückt und riss sie aus ihren Gedanken heraus.

«Wenn du nicht stillen möchtest, dann ist das natürlich deine Entscheidung. Ich wusste nicht, dass es so schlimm wehtut. Sonst ist aber alles in Ordnung?»

«Ist schon gut, Mama», antwortete Antonia sanft.

Es war ein innerer Kampf, der so aufreibend und intensiv war, dass sie die ganze Wahrheit nur in die vertrauten Hände ihrer Schwester legen wollte.

Antonia stellte die Zuckerdose leise auf den Tisch und beugte sich etwas nach vorne, um ihren Tee zu süßen. Beim Hochschauen bemerkt sie, dass ihre Schwester stillschweigend im Türrahmen stand.

Vanessa hatte die Situation beobachtet und nickte ihr aufmunternd zu.

Es ist in Ordnung, Toni, du musst ihr nicht alles erzählen.

Dafür bin ich doch da.

«Schau' mal, Mama, da kommt ein Überraschungsgast!»

Mit einem sanften Lächeln bedankte sich Antonia bei ihrer großen Schwester und winkte sie erleichtert in die Küche herein.

In ihren abendlichen Telefonaten hatten Antonia und Vanessa schon mehrmals darüber gesprochen, wie viele Mütter diesen Kampf heimlich mit sich austrugen – und warum in den Vorbereitungskursen nur selten darüber gesprochen wurde.

***

Es war ein harter Weg, den Antonia in den darauffolgenden Wochen gehen musste, aber sie nahm sich viel Zeit und meisterte die Herausforderung in ihrem eigenen Tempo. Nach der Stillpause tastete sie sich ganz vorsichtig an die nächsten Versuche heran. Mit dem Wissen, dass sie selbst über ihren Körper entscheiden und jederzeit wieder aufhören konnte, klappte es auf Anhieb mit dem Stillen, und mit jeder Woche kam ein wenig mehr Routine dazu.

Dann wollte Antonia vorsichtig erkunden, wie die Liebe zu ihrem Kind im Alltag aussehen könnte und sich daran langsam gewöhnen. Mit jedem Tagesanbruch entschied sie sich erneut dazu, ihr Baby lieben zu wollen, und sie sagte jeden Morgen ganz bewusst die Worte «Ich liebe dich» zu ihrer Tochter, sogar in jenen Momenten, in denen sie noch nichts fühlen konnte. Von Tag zu Tag glaubte Antonia mehr daran, dass sie eine wundervolle Mutter sein würde, obwohl sie die Bindung noch nicht intensiv spüren konnte und sich stetig vorarbeiten musste. Es war doch ebenso in engen Freundschaften, Partnerschaften und Ehen, dachte

Antonia, dass die Verbundenheit zwischen zwei Menschen über einen längeren Zeitraum hinweg wuchs und sich irgendwann in Liebe verwandelte.

Bei manchen Müttern war es ganz genauso.

So geschah es auch bei Antonia und Lily, denn nach einer Weile gluckste das Baby sie jeden Morgen hocherfreut an und Antonia erwiderte die Begrüßung mit einem strahlenden Lächeln. Dadurch begann Antonia nach einer Weile, die Worte «Ich liebe dich» tatsächlich in ihrem Herzen zu fühlen. Es geschah über einen längeren Zeitraum hinweg, mit enorm viel Geduld, Willenskraft und Zuversicht.

Mutter und Tochter erschufen ihre gegenseitige Bindung im stillen Einverständnis, und zwar solange, bis sich Antonia ein Leben ohne Lily nicht mehr vorstellen konnte.

Und so kam der wundervolle Tag, an dem Antonia bemerkte, dass sie ihre kleine Tochter wirklich über alles liebte, und dass Liebe manchmal nur etwas Zeit zum Wachsen braucht.

Fühlst Du Dich einsam, missverstanden oder depressiv? Vertraue Dich jemandem an – jetzt ist der richtige Zeitpunkt! Spreche mit einer engen Freundin, einem Familienmitglied oder einem Therapeuten. Du findest online unter mamadubistnichtallein.com einige Anlaufstellen und Beratungen.

V

Die Frau im Spiegel

Sophia kann ihren Augen nicht trauen, nein, das darf doch nicht wahr sein. Mit panischem Gesichtsausdruck tritt sie näher an den Spiegel heran und lässt das grelle Neonlicht jede einzelne Hautpore ausleuchten.

Ist das wirklich ihr Spiegelbild, dort, im schmalen Seitenspiegel am Rande der Kühlwarenabteilung? Wer ist diese Frau mit fahler Haut und geschwollenen Tränensäcken, die mit einem Kinderwagen ziellos durch den Supermarkt steuert? Und wem gehören diese strähnigen Strubbelhaare, die unter der blauen Wollmütze hervorblitzen?

Als sie das letzte Mal in diesen Spiegel geschaut hat, einige Monate vor der Geburt ihres Sohnes, wollte sie nur schnell ihren neuen Lippenstift begutachten. Damals hatte Sophia noch frischgeföhntes Haar und einen strahlenden Teint. Sie liebte diesen schmalen Spiegel im Supermarkt, denn man konnte zwischendurch einen schnellen Blick reinwerfen und dann guten Gewissens, mit einem Lächeln im Gesicht, weitere Besorgungen erledigen.

«Was zum Donnerwetter ist mit mir passiert», murmelt sie schockiert ihrem Spiegelbild entgegen.

«Wer bist du?»

Missmutig wendet sich Sophia ab und schiebt den Kinderwagen mit langsamen, schleppenden Schritten durch die Regalreihen, und beinahe hat sie schon wieder vergessen, warum sie eigentlich hergekommen ist.

Ihr Gedächtnis leidet unter dem dauerhaften Schlafmangel und mittlerweile ist sie schon froh darüber, wenn sie ohne langes Herumgerechne den aktuellen Wochentag benennen kann.

«Entschuldigung, kann ich mal vorbei?‘», ruft ein Mann hinter ihr und reißt sie aus ihren Gedanken heraus.

In den langen Regalreihen ist es mittlerweile voller geworden und die beheizte Luft staut sich unter der Decke. Sophia schaut in ihren halbleeren Einkaufskorb und zuckt zusammen, weil ihr ein eisiger Schmerz durch die Stirn fährt. Ihrem Sohn scheint diese gedrängte und unbequeme Stimmung auch nicht zu gefallen, denn der kleine Junge offenbart durch sein verzogenes Gesicht, dass der nächste Gefühlsausbruch kurz bevorsteht. Sophia reibt sich verzweifelt die Schläfen und fängt an zu beten.

Bitte nicht schreien, bitte nicht schreien, bitte..

Levi schreit sich regelmäßig die Seele aus dem Leib, und ganz egal, wie sehr sie sich auch anstrengt, sie kann rein gar nichts dagegen tun. Sogar wenn der kleine Junge gestillt, gewickelt und von seinen Eltern mit Liebe umhüllt ist, schreit er voller Inbrunst und Leidenschaft. Das Schreien hallt durch die ganze Wohnung ins holzige Treppenhaus, und gelegentlich wird es sogar durchs offene Fenster hinaus in die Straßen getragen. Levi schreit mit mehr Ausdauer als andere Babys, und manchmal fragt sich Sophia, ob er einfach nur schlecht gelaunt, wütend oder tierisch unglücklich ist. Warum? Auf wen? Wie lange noch?

Wer weiß das schon.

Mit feuchtglänzenden Augen schiebt sie den Kinderwagen zur Supermarktkasse und beobachtet eine Frau dabei, wie sie eine Chipstüte und zwei Flaschen Weißwein aus dem Regal zieht. Einige Chipstüten fallen auf den Boden, doch die Fremde läuft einfach weiter zur Kasse.

«Hallo! Sie haben da was verloren!»

Mit gerümpfter Nase hebt Sophia die Tüten auf und stellt sie ordentlich ins Regal zurück. Wie gerne würde sie jetzt mit dieser Frau tauschen, denkt sie, und ein paar sorglose Stunden auf der Couch verbringen… einfach mal kurz Pause machen und nichts tun. Netflix schauen und sich den Bauch vollstopfen.

«Aber jetzt erstmal raus hier, mein Schatz», flüstert sie ihrem quengelnden Sohn entgegen, «bevor du wieder weinst.»

Sophia schiebt den Kinderwagen zügig durch den Gang und greift an der Kasse nach einem Smoothie und einigen Müsliriegeln, um ihrem Körper wenigstens ein Mindestmaß an Nährstoffen zuzuführen. Im Stress des Alltags findet sie kaum freie Minuten, um etwas zu essen, und wenn sich unerwartet ein Zeitfenster öffnet, dann bleiben nur wenige Minuten zum Snacken.

Aufreißen, schnell kauen, runterschlucken, und wieder zurück zum schreienden Baby. Sophia kann sich nicht mehr daran erinnern, wann sie das letzte Mal in aller Ruhe den Esstisch decken und sich entspannt einer warmen Mahlzeit widmen konnte. Das ist nur ansatzweise an den Wochenenden möglich, wenn ihr Ehemann sich um das Baby kümmert und ein Schild mit den Worten «Bitte nicht stören» an der Tür klebt. Nichts wünscht sie sich sehnlicher, als in der Küche neue Rezepte auszuprobieren, doch die Zeit dafür bleibt aus. Zudem fängt in solchen Momenten für jede Mutter eine komplexe Abwägung an, denn es gilt herauszufinden, wie man seine babyfreien Minuten am besten nutzen kann. Sophia könnte ausgiebig duschen, vor dem Fernseher ein Nickerchen machen oder einfach mal länger auf der Toilette sitzen bleiben. Es gibt so viele Tätigkeiten, die einst alltäglich waren und nun beinahe vollständig aus ihrem Leben verschwunden sind. In solchen Momenten erkennt sie ihr eigenes Leben nicht wieder, und ihr hallen immer wieder die gleichen Fragen durch den Kopf:

Ist das wirklich mein Leben?

Wem gehört diese chaotische Wohnung?

Und wer ist die Frau im Spiegel?

Mit schnellen Schritten schiebt Sophia den Kinderwagen aus dem Supermarkt heraus und holpert über das Kopfsteinpflaster, dann bleibt sie ruckartig stehen, um ein rasendes Auto vorbei zu lassen. Mit letzter Kraft hebt sie den Kinderwagen auf den Bürgersteig und erblickt die nächste Seitenstraße in nicht allzu weiter Ferne.

«Keine Sorge, Levi, bald sind wir zuhause. Schlaf schön weiter.»

Doch im gleichen Moment spuckt ihr Sohn wütend den Schnuller aus und fängt lauthals an zu schreien. Es ist ein empörtes Schreien, das mit jedem Atemzug lauter und durchdringender wird. Sophia stoppt den Kinderwagen, zieht die Bremse fest und beugt sich liebevoll nach vorne.

«Pass' doch auf», brüllt ein Radfahrer und rauscht an ihr vorbei.

Mit schüttelndem Kopf streicht Sophia ihrem Sohn über die Wange. Die Welt empfindet zurzeit kein Erbarmen mit ihr, obwohl sie schon so stark kämpft. Eine Träne rinnt über ihre Wange, denn sie fühlt sich übermüdet, erschöpft und verloren.

Sophia parkt den Kinderwagen an einer Hauswand und lässt sich daneben auf eine Bank nieder, um ihre Tränen abzutupfen. Während sie geistesabwesend das durchnässte Taschentuch zusammenknüllt, wandert ihr Blick zu einem Schaufenster auf der anderen Straßenseite. Hinter der Glasscheibe erkennt sie eine lachende Mutter, die ihrem glucksenden Baby einen Kuss auf die Stirn drückt. Die anderen beiden Frauen am Tisch lachen mit ihr und nippen an ihren Kaffeetassen.

«Wie geht das mit einem Baby?», flüstert Sophia in den Winterhimmel hinein und beobachtet die Gruppe.

Natürlich wusste sie, dass das Leben mit einem Kind anstrengend sein würde, aber niemals hätte sie gedacht, dass die Realität so stark von ihren Wunschvorstellungen abweicht.

Während ihrer Schwangerschaft hat sie mit klopfendem Herzen all jene Mütter beobachtet, die mit ihrem Nachwuchs im Café saßen, mit frischgekämmten Haaren und einem strahlenden Lächeln im Gesicht. Sophia hatte eine solche Vorfreude auf dieses Leben und malte sich aus, wie sie schon bald selbst mit ihren Freundinnen dort sitzen würde. Vor der Geburt dachte sie oft daran, wie sie den ganzen Morgen mit ihrem Baby kuscheln und dann ganz, ganz langsam aufstehen würde. Danach käme gelegentlich eine Freundin vorbei, um mit ihr gemeinsam das kleine Wesen zu bewundern und das Leben zu genießen. Genau das sollte ihr Leben sein, dieser perfekte Vormittag mit einem glucksenden Baby auf dem Schoß, und rundherum das perfekte Blumengesteck, der perfekte Kaffee, das perfekte Mittagessen in ihrer perfekt aufgeräumten, hochglänzenden Wohnung.

Nun ist das genaue Gegenteil davon eingetreten, denn in der Küche stapelt sich neben der vollen Spülmaschine dreckiges Geschirr – nicht nur im Waschbecken, sondern auch rundherum auf der Arbeitsfläche und sogar auf dem Wandregal darüber. Eine langgezogene Spur aus getragenen Klamotten, Spucktüchern und leeren Verpackungen führt vom Schlafzimmer ins Wohnzimmer. Dort fliegen Babyflaschen, Schnuller, Tassen und Teller durch die Gegend. Jedes Mal, wenn eine Freundin vorbeikommen möchte, redet sich Sophia mit panisch aufgerissenen Augen heraus.

Nein, nein, nein, nein.

Ihr Ehemann unterstützt sie zwar liebevoll mit all seiner Kraft, aber seit er wieder in Vollzeit arbeitet, funktioniert im Haushalt rein gar nichts mehr. Sophia musste ihren einstigen Anspruch an das perfekte Zuhause längst aufgeben, und mittlerweile klammert sie sich an einen neuen Leitspruch: Sie muss irgendwie durch den Tag kommen, ohne dabei völlig die Nerven zu verlieren.

Im Rückblick findet Sophia es erstaunlich, dass sie sich seit der Geburt häufig nicht mehr wiedererkennt, denn während der Schwangerschaft war sie glücklicher als jemals zuvor. Obwohl sie gelegentlich unter Müdigkeit und Übelkeit litt, war es doch mitunter die schönste Zeit ihres Lebens.

Die Schwangerschaft glich sogar einem Befreiungsschlag, denn ihre Ärztin verordnete schon ab dem vierten Monat ein striktes Beschäftigungsverbot. Sophia bezog einen Teil ihres Gehalts weiter und konnte sich zugleich ein neues Standbein aufbauen. Endlich durfte sie auf ihre innere Stimme hören und das tun, was ihrer Bestimmung etwas näherkam. Es war die Chance, ein neues Leben zu beginnen.

Schon lange wollte sie eine Ausbildung zur Yoga-Lehrerin machen, denn als ehemalige Balletttänzerin genoss sie es, mit ihrem Körper zu arbeiten und jede einzelne Sehne zu spüren. Während der Schwangerschaft fand Sophia neben dem Yoga-Kurs zu vielen anderen Dingen zurück, die schon lange in ihrem Herzen geparkt und beinahe in Vergessenheit geraten waren.

Endlich ausschlafen, entspannen und jeden Morgen in aller Ruhe frühstücken: Mit der Schwangerschaft drehte sich Sophias Leben um hundertachtzig Grad, denn bevor sie das Projekt «Baby» anging, lebte sie über viele Jahre hinweg ein Vagabundenleben.

Sophia musste in ihrem vorherigen Beruf extrem viel reisen. Ihr Alltag bestand häufig daraus, durch Bahnhöfe und

Flughäfen zu rennen, bevor sie abends todmüde ins Bett fiel. Es war ein rastloses Leben ohne Ruhephasen, ohne Routinen und Rituale.

Wenn Sophia am Flughafen an einem Spiegel vorbeilief und einen seitlichen Blick hineinwarf, gefiel ihr der Anblick dieser geschäftigen Frau, dennoch wusste sie, dass sie in diesem Beruf nicht alt werden würde.

Oh ja, das eigene Spiegelbild zeigt nicht immer die ganze Wahrheit. Ihr ohnehin schon zarter Körper verlor durch den Reisestress zunehmend an Gewicht und an den Wochenenden trank sie gelegentlich zu viel Wein, damit sie endlich loslassen konnte. Ihre innere Stimme wies sie immer wieder darauf hin, dass es nicht ewig so weitergehen konnte. In großen Spiegelwänden sah ihr Leben zwar aufregend aus, aber sie bemerkte, dass sie sich selbst untreu wurde, obwohl sie gar nicht so genau wusste, wer sie eigentlich war oder was sie wirklich wollte.

Und so verweilte Sophia in ihrem stressigen Beruf und schlief mehrmals die Woche in einem anderen Hotel. Mit jedem Jahr rannte sie erschöpfter durch die Flughäfen, so lange, bis das Leben ihr eines Tages die Entscheidung abnahm und sie aus ihrem Hamsterrad herausholte. Sophias innere Stimme sollte Recht behalten – es konnte nicht ewig so weitergehen.

Nach anhaltenden Schmerzen im Unterleib erhielt sie eine beunruhigende Diagnose: eine Zellveränderung in der Gebärmutter. Sophia litt ohnehin schon seit ihren frühen Zwanzigern an Endometriose und wusste um die Beeinträchtigungen, die langfristig daraus hervorgehen konnten.

Nach der Diagnose ihrer Frauenärztin verspürte Sophia ein Gefühl von Unbehagen, das sie bislang nicht kannte. Es war eine pochende Angst, die ihr mit einer erschreckenden Klarheit die Zerbrechlichkeit ihres Körpers offenbarte.

Gebärmutterhalskrebs.

Gefährliche Operationen.

Unfruchtbarkeit.

Das ganze Leben erschien Sophia plötzlich wie ein Zufallskonstrukt, das mit jeder Sekunde einfach in sich zusammenklappen und verschwinden konnte. All die Jahre war sie so intensiv mit anderen Dingen beschäftigt gewesen, dass sie das allerwichtigste außer Acht gelassen hatte: ihre Gesundheit.

Sophia wusste, dass es nicht nur eine Zellveränderung war, sondern ein rotblinkendes Warnsignal ihres Körpers, das ihr mit heftiger Wucht ins Gesicht geschleudert wurde. Ihr Körper musste erst krank werden, um sich Gehör zu verschaffen und die dringend benötigte Zuwendung zu bekommen. Es war an der Zeit, all ihre Aufmerksamkeit auf ihren Körper und ihr Seelenheil zu richten.

In jenem Moment, als sie nach der notwendigen Operation nachhause kam und ihr besorgter Ehemann sie in eine Decke hüllte, fasste Sophia einen Entschluss: Ab sofort wollte sie ihr Leben entschleunigen und stärker darauf hören, was ihre Seele mit dieser wertvollen Zeit anstellen wollte. Sie spürte, dass sie einen gänzlich neuen Lebensweg vor sich hatte – vielleicht ein Leben als Mutter?

An einem sonnigen Freitagnachmittag sagte sie ganz spontan «Ja» zu diesem neuen Leben, weil es sich interessant, aufregend und vollkommen richtig anfühlte. Sophia war zwar niemals die Art von Frau gewesen, die unbedingt ein Baby haben wollte und Kinder abgöttisch liebte, aber die Vorstellung eines kleinen Wesens mit dem schwarzen Haarschopf ihres Mannes und ihren Rehaugen war ziemlich verlockend.

Es war letztendlich keine schwierige Entscheidung, denn ihr Mann Álvaro hatte zu seinen Geschwistern ein wunderbares Verhältnis und wollte schon seit einer Ewigkeit eine eigene Familie gründen.

Und so ließ das Ehepaar die Verhütung eines Tages einfach weg und sank aufs Bett, um sich zu lieben. Die beiden hatten wahrlich Glück und freuten sich schon nach wenigen Monaten über einen positiven Schwangerschaftstest. Sophia und Álvaro bekamen ein Baby.

***

«Endlich zuhause», murmelt Sophia und biegt mit ihrem Kinderwagen in den Hauseingang.

«Frau Torrez, warten Sie, lassen Sie mich den Kleinen

anschauen», ruft eine Nachbarin durch den Hausflur.

«Och, Sie haben so einen braven Jungen, der schläft ja ganz selig.»

Hinter ihrem höflichen Lächeln muss sich Sophia einen ironischen Spruch verkneifen, denn sie hat den ganzen Morgen damit verbracht, den kleinen Schreihals zu besänftigen. Sie hat mehrere schmerzhafte Stillversuche gewagt und irgendwann mit einem schlechten Gewissen das Milchpulver angerührt. Als sie das Baby daraufhin anziehen wollte, war sie völlig durchgeschwitzt, denn im Winter muss man viele einzelne Kleidungsschichten der Reihe nach überstülpen, und mit jedem Ärmelchen und Hosenbeinchen steigt die Ungeduld des Kindes. Sophia weiß nicht mehr, wie sie es nebenbei auch noch schaffen konnte, sich selbst anzuziehen oder ihre Schuhe zuzuschnüren.

«Sie haben wirklich einen süßen Fratz, Frau Torrez, wollen Sie auf einen Kaffee reinkommen?»

«Danke, Frau Seiler, aber wir haben gerade einen guten Moment erwischt und gehen lieber schnell hoch», entgegnet Sophia und wischt sich den Schweiß von der Stirn.

«Natürlich! Ist denn sonst alles in Ordnung bei Ihnen?»

«Ach, es geht so… seien Sie froh, dass sie hier unten im Erdgeschoss wohnen. Es ist ziemlich laut bei uns in der fünften Etage. Er schreit die ganze Zeit.»

Die Nachbarin strahlt sie wieder mit ihren amüsierten, kinderliebenden Augen an und fängt beherzt an zu lachen.

Sophia verspürt einen kurzen Moment voller Hilflosigkeit und dann lacht sie einfach mit. Vielleicht aus ihrer übermüdeten Laune heraus, vielleicht aber auch, weil Frau Seiler ein herzensguter Mensch ist.

Womöglich überkommt sie einfach nur eine Endorphinwelle, weil sie ausnahmsweise mit einer erwachsenen Frau ein vernünftiges Gespräch führt, und nicht mit einem schreienden Baby diskutieren muss.

«Sie kriegen das schon hin, Frau Torrez. Meine Große hat mir in den ersten Monaten das Leben zur Hölle gemacht, bis sie krabbeln konnte. Das geht vorbei. Achten Sie auf viel Körperkontakt und stillen Sie so lange, wie es nur geht.»

Sophia lächelt und nickt bejahend, während ihr eine Schweißperle den Hals runterläuft. Zugleich muss sie sich auf die Lippen beißen, denn sie erwähnt lieber nicht, dass es in den vergangenen Wochen mit dem Stillen ganz und gar nicht geklappt hat. Mittlerweile ist sie beinahe vollständig auf Milchpulver umgestiegen.

Das Kind anlegen, entspannen und dabei einschlafen? Nein, das funktioniert bei ihr nicht, obwohl sie schon unzählige Ratgeber gewälzt und eine große Schmerztoleranz hat. Ihre Brustwarzen brennen jedes Mal wie Feuer, es kommt kaum Milch heraus und sie hat bereits einige Stunden damit verbracht, ihre stummen Tränen beim Stillen wegzuwischen und die große Frustration herunterzuschlucken.

«Danke, Frau Seiler. Wir gehen dann mal hoch.»

Sophia schiebt den Kinderwagen in den Fahrstuhl und wartet ungeduldig darauf, endlich ihre warmen Sachen ausziehen zu können. Dann stößt sie die Wohnungstür auf und schiebt den Kinderwagen über das knarzende Holzparkett. Unter lautem Stöhnen schält sie sich aus ihrer Winterjacke heraus und wirft das schwere Kleidungsstück mit einem gekonnten Weitwurf ins Schlafzimmer. Die Jacke landet mit einer Punktlandung auf dem Bett und ist deutlich sichtbar – so besteht zumindest die Chance, sie beim nächsten Mal schnell wiederzufinden.

Mit einem Hauch von Stolz bemerkt Sophia, dass sie mittlerweile ein funktionierendes System in diesem verheerenden Baby-Chaos entwickelt hat, oder zumindest auf einem guten Weg dahin ist.

Sie befreit ihren quengelnden Sohn aus den abertausenden Schichten und legt ihn kurz in die Krippe, um ihr Smartphone aus der Jacke zu holen.

Hoffentlich hat sie es nicht schon wieder irgendwo liegen lassen, denkt sie, und kniet sich aufs Bett. Mit einem Anfall von leichter Panik durchwühlt sie die vielen Innen- und Außentaschen der Jacke.

«Da ist es! Glück gehabt!»

Als sie vom Bett springt und am Schlafzimmerspiegel vorbeieilt, stolpert sie beinahe über eine zusammengeknüllte Boxershorts. Sophia hält einen Moment inne und schaut apathisch in den großen Wandspiegel. Ihr Körper hat schon bessere Zeiten erlebt, und was in ihrem Schlafzimmer ansonsten geschieht, ist ihr auch ein Rätsel. Ihren Ehemann hat sie seit der Geburt nicht mehr angefasst und Álvaro beschwert sich hin und wieder mit einem Augenzwinkern darüber, dass er unter Liebesentzug leide.

Aber welche frischgebackene Mutter hat überhaupt die

nötige Zeit und Energie, um das Wort «Geschlechtsverkehr» auszusprechen? Wollen diese Mütter nicht vorher ausgiebig ihre Haare waschen, ein duftendes Bad nehmen oder einfach nur im Bett liegen und *nichts* tun?

Fragen über Fragen.

Levi ist zwar schon einige Monate auf der Welt, aber Sophia hat keinen blassen Schimmer, wie sie mit ihrem geschundenen Körper jemals wieder Sex haben soll. Sogar wenn die Lust irgendwann zurückkehren würde und sie wohlduftend im Bett läge, würde das schreiende Baby jeden neuen romantischen Anlauf ausbremsen.

Andererseits scheint das bei anderen Liebespaaren auch zu funktionieren. Sophia hört immer wieder absurde Geschichten, die sie in die Verzweiflung treiben.

«Wir haben drei Wochen nach der Geburt wieder miteinander geschlafen, es war soooo gut», schwärmte eine andere Mutter.

Sophia konnte nur noch ein erstauntes «Waaaaas?» und ein hysterisches Lachen hervorbringen.

Sex nach der Geburt? Wie bitte?

Womöglich gibt es einen geheimen Club von geschminkten Super-Mamis, die mit ihren Babys den ganzen Tag im Kaffeehaus sitzen und sich abends von ihren Männern befriedigen lassen.

«Puuuuh.»

Sophia atmet laut aus und lässt sich erschöpft aufs Bett fallen, um auf ihrer zerknitterten Winterjacke ein kurzes Nickerchen zu machen. Mit einem Mal ertönt das wütende

Schreien ihres Sohnes und hallt durch die ganze Wohnung.

«Herzlich willkommen in meinem Club, dem Club der Schreikinder», ruft Sophia in den Raum hinein, und mit einem übermüdeten Lächeln denkt sie an die Worte ihrer Nachbarin.

Meine Große hat mir in den ersten Monaten das Leben zur Hölle gemacht, bis sie krabbeln konnte.

«Gut, dann weiter so, bis du endlich krabbeln kannst», sagt sie trotzig zu ihrem Sohn, «wir machen das jetzt auf unsere Art und Weise.»

Und in diesem Moment realisiert Sophia, dass sie sich nun endgültig von ihrem geliebten Perfektionismus verabschieden muss.

Sophia liebt aufgeräumte Zimmer und glänzendes Geschirr, aber ihre dreckigen Teller dürfen sich ab sofort bis in den Himmel stapeln.

Wenn der Postbote das nächste Mal ein Paket in ihren chaotischen Flur schiebt und sie anstarrt, weil Babyspucke an ihrer Schulter klebt, dann soll er die Post dort ausliefern, wo der Pfeffer wächst. Und ja, das könnte sogar unter den großen Schmutzwäschebergen in ihrem Schlafzimmer sein.

«Jetzt reicht's», sagt Sophia, «keine Spiegel mehr, keine Erwartungen und keine Vergleiche.»

Wenn etwas Neues im Leben beginnt, dann kann es passieren, dass alte Strukturen aus den Fugen geraten und ein kleines Beben auslösen. Die ersten Schritte sind unsicher und wackelig, doch mit jedem Tag wird die Routine etwas leichter. Dieser steinige Weg ist mit echten Freudentränen und mit Tränen aus schierer Verzweiflung gepflastert, mit unbändiger Mutterliebe und tausenden ersten Malen.

Einige Hindernisse kann Sophia nur überwinden, wenn sie aus einer blinden Notwendigkeit heraus alles einfach mal ausprobiert.

Sophia schließt für einen kurzen Moment die Augen und denkt an den wunderbaren Tag, an dem alles wieder leichter wird. Dieser Augenblick kommt schon bald, das weiß sie genau. An diesem Tag wird sie gut gelaunt im Hausflur stehen und einer anderen übermüdeten Mutter aufmunternde Worte zusprechen.

Bis dahin klammert sich Sophia an die Worte ihrer Nachbarin und wartet auf den Tag, an dem sich Levi von alleine hinsetzt, mit dem Krabbeln anfängt und seine Umgebung selbst erkundet.

Levi braucht zwar etwas mehr Zeit, um auf diesem Planeten anzukommen, und er schreit lauter als andere Babys, aber im Grunde will er einfach nur die große weite Welt entdecken. Diese Theorie erscheint ihr durchaus plausibel: Wenn der Junge von seiner Umgebung abgelenkt ist, dann wird er bestimmt die Muße am Weinen verlieren. Seine immense Neugierde strahlt doch schon jetzt aus seinen frechen braunen Augen heraus.

Durchhalten, durchhalten, durchhalten.

Bevor die ersehnte Ruhe einkehrt, wird Sophia ihr Bestes geben, um sich in ihrer neuen Rolle als Mutter einzufinden. Sie weiß, dass dieser Weg erst entstehen kann, während sie ihn entlanggeht. An einigen Tagen wird sie Rückschläge einstecken müssen und dann unverhofft drei Schritte vorwärts machen, während sie mit ihrem Sohn lustige Kinderlieder singt und fröhlich am Wickeltisch herumtanzt.

An solch magischen Tagen wird Sophia künftig etwas von der überwältigenden Liebe aufsparen, um der Frau im Spiegel abends ein Lächeln zu schenken.

Diese Frau ist eine echte Kämpferin, und gelegentlich muss sie liebevoll daran erinnert werden, dass sie jeden Tag eine Meisterleistung vollbringt.

VI

Ein schwieriger Start

«Die Entzündungswerte sind zu hoch? Was soll das heißen und wo ist mein Baby?»

Svenja setzt sich aufrecht hin, um nach ihrer Ärztin zu rufen, aber die pochenden Schmerzen im Unterleib zwingen sie wieder in die Liegeposition.

«Wo ist mein Mann? Ich will jetzt sofort mit jemandem sprechen, der hier was zu sagen hat», presst sie unter Tränen hervor und sinkt ins Kissen.

Eine unermessliche Wut vermischt sich mit Ungläubigkeit und schierer Hilflosigkeit.

«Ich will meine Tochter sehen», schluchzt sie, «warum hilft mir denn keiner?»

Noch vor wenigen Minuten konnte sie das wunderschöne Mädchen warm auf ihrer Brust spüren und zum ersten Mal das winzige Gesicht anschauen. Für einen kurzen Augenblick konnte sie die schmerzvollen Stunden vergessen, in denen sie ununterbrochen atmen und pressen musste, bevor das Baby mit einem Notkaiserschnitt geholt wurde.

Ein Notkaiserschnitt kann ohnehin kein gutes Zeichen sein, denkt Svenja.

«Hört mich denn niemand?», ruft sie verzweifelt in die Stille hinein.

Svenja drückt immer wieder und wieder auf den Notfallknopf an ihrem Bettgestell und versucht währenddessen, die Erinnerungen der letzten zwölf Stunden irgendwie zu rekonstruieren.

Alles begann damit, dass sich die Zimmertür im Geburtssaal ruckartig öffnete und die Chefärztin reinstürmte, ohne Kittel und Schutzmaske, sondern mit einer blauen Seidenbluse und einer schwarzen Anzughose. Sie trug ihre Freizeitkleidung, dachte Svenja, und die Schicht war nicht vorgesehen, also musste wirklich etwas Schlimmes passiert sein.

Dieser angsterfüllte Moment im Geburtssaal ist womöglich schon vier, sechs oder zehn Stunden her. Seitdem hat Svenja jegliche Orientierung verloren und schwebt in einem hilflosen Zustand zwischen Vorfreude, Hoffnung und Angst. Die Geburt ihrer Tochter hat sich in einen zähen Kampf jenseits von Raum und Zeit verwandelt.

Ob die Chefärztin wohl noch immer arbeitet? Ob sie gerade ihre Tochter untersucht?

«Hallo?», brüllt sie, «funktioniert dieser blöde Knopf überhaupt?»

Endlich öffnet sich die Zimmertür und zwei Krankenschwestern treten hinein, gefolgt von jener Chefärztin, die sich rasch ihren Kittel überstreift.

«Das Kind kommt sofort zur Mutter», ruft die Ärztin hektisch den Schwestern entgegen.

«Stimmt etwas nicht mit meinem Baby? Es ist doch alles in Ordnung, oder?»

Nein, leider nicht.

Schon bei ihrer Ankunft im Krankenhaus stellte sich heraus, dass die Herzfrequenz ihrer Tochter zu schwach war, und obwohl Svenja sich in den letzten Monaten intensiv auf die Geburt vorbereitet hatte, waren die ersten natürlichen Versuche ein schmerzvolles Unterfangen. Zu Beginn musste sie sich in der Geburtsbadewanne vor Schmerzen mehrmals übergeben und nach den ersten starken Wehen spürte sie, wie die Kraft langsam aus ihrem Körper wich. Die besorgten Blicke der sonst so routinierten Schwestern und Ärzte offenbarten ihr, dass sie eine schwere Geburt vor sich haben würde.

«Aua, verdammt!»

Blitzartig flammen die Schmerzen wieder auf und erinnern sie an die Betäubung, die ihr vor einigen Stunden ins Rückenmark geschossen wurde. Wann das genau war, weiß sie nicht, aber das ist auch völlig egal, denn die Zeit ohne ihre Tochter fühlt sich wie eine qualvolle Ewigkeit an. Alles an ihrem Körper brennt und pocht.

Plötzlich spürt sie eine andere Energie im Raum, eine helle und sanfte Wärme, die sich hoffnungsvoll mit langsamen Schritten nähert.

Ihre Tochter.

«Alles wird gut, sehen Sie mal, hier ist die Kleine.»

Svenja wird von einer unbeschreiblichen Erleichterung und Dankbarkeit durchflutet, während die Krankenschwester ihr das zarte Wesen auf die Brust legt. Sie schaut in das winzige Gesicht und fühlt eine tiefe Verbundenheit, während ihr Freudentränen über die Wangen kullern.

«Meine Kleine, da bist du ja. Du gehörst zu mir. Ich kenne dich schon seit einer Ewigkeit», flüstert sie.

Dann blickt sie in die feuchten Augen ihres Mannes, der neben dem Bett kniet und seine Arme schützend um die kleine Familie legt. Michael nickt ihr überglücklich zu und öffnet seine Lippen, aber die schiere Überwältigung hindert ihn am Sprechen. Es war ein schwerer Start ins Leben, aber nun ist endlich alles so, wie es sein soll.

«Ich liebe dich», flüstert er.

«Wir haben es geschafft», flüstert Svenja zurück.

Endlich darf sie das kleine Mädchen mit ihrer unendlichen Mutterliebe überschütten. Die Zeit scheint wieder einmal stillzustehen und irgendwann beginnt das kleine Baby zaghaft an der Brust zu saugen. Mutter und Kind sind erschöpft und beinahe gleichzeitig fallen ihnen die Augen zu. Die Schmerzen des Kaiserschnittes sind im Dämmerschlaf kaum noch zu spüren, und Svenja nimmt ihren Ehemann am Rande des Bettes nur noch verschwommen wahr.

«Danke, Schatz», murmelt sie benommen, während sie mit dem Kind auf der Brust einschläft.

Die Minuten vergehen und eine selige Ruhe legt sich über den ganzen Raum, doch ehe Svenja in einen tiefen Schlaf fallen kann, spürt sie wieder die zitternde Hand von Michael auf ihrem Unterarm.

«Schatz», flüstert er leise, «du musst jetzt nochmal stark sein.»

«Die Kleine hat Fieber.»

Svenja spürt die verschleierte Unsicherheit in seiner liebevollen Stimme und blickt fragend um sich. Das Gefühl von lähmender Angst kriecht in ihre Hände, dann in die Arme und in ihren Oberkörper, ehe es sich im ganzen Körper ausbreitet.

«Es tut mir leid», sagt die Ärztin mit festem Unterton, «aber die Werte sind leider wieder gestiegen. Wir müssen die Kleine jetzt auf die Intensivstation bringen. Bitte bleiben Sie ruhig, ich werde sie Ihnen jetzt abnehmen.»

Obwohl Svenja ihren Körper vor Müdigkeit kaum noch spürt und mittlerweile auch die letzten Kraftreserven ausgeschöpft sind, greift sie reflexartig nach dem Unterarm der Ärztin und krallt sich darin fest.

«Nein, bitte nicht!»

Die Ärztin wirft ihr einen mitfühlenden Blick zu, aber zieht ihr im gleichen Moment mit einem sanften Ruck das Kind aus den Armen.

«Bitte, ich flehe Sie an, mein Kind muss bei mir bleiben», schluchzt Svenja verzweifelt und fühlt einen tiefen, stechenden Schmerz in der Brust.

«Sie dürfen uns nicht trennen.»

«Die Ärzte wissen doch, was sie tun», flüstert Michael mit zitternder Stimme.

«Wir können sie nicht alleine lassen», entgegnet Svenja, «zwischen den ganzen grellen Lichtern und den piependen Geräten.»

Mit angsterfülltem Blick schaut sie sich um und stützt sich mit den Ellenbogen ab. Das Baby entfernt sich immer weiter von ihr und schreit mit jedem Atemzug lauter, kräftiger und verzweifelter nach seiner Mutter. Es fühlt sich an, als ob das schützende und überlebenswichtige Band zwischen Svenja und ihrem Kind zum zweiten Mal reißt.

«Ganz ruhig, Schatz, es ist wichtig, dass sie untersucht wird», sagt Michael, «dann wird sie schnell wieder gesund und wir nehmen sie mit nach Hause und--»

Die letzten Silben seiner Stimme verschwinden in einem

tiefen Schlucken.

«Nein! Warten Sie, ich komme mit», ruft Svenja der längst verschwundenen Ärztin hinterher und versucht sich aufzurichten, doch die klaffenden Wunden am Unterleib fesseln sie an das Krankenhausbett.

«Sie können das nicht nochmal mit uns machen!», hallt es durch den ganzen Flur.

Mittlerweile scheint alles völlig außer Kontrolle geraten zu sein, denkt Svenja, denn sie kann sich weder bewegen noch irgendetwas daran ändern, dass ihr Kind willkürlich, wie es ihr scheint, in ein anderes Stockwerk verlegt wird.

«Das dürfen Sie nicht, bitte!», brüllt sie.

Und irgendwann verwandelt sich das hilflose Flehen in lautes Schreien, solange, bis ihre Stimme zwischen den Atemzügen immer leiser wird.

Eine innere Stimme bereitet sie darauf vor, dass nun die schlimmste Zeit ihres Lebens beginnen wird. Auch wenn die Ärzte ihrem Baby nur helfen wollen, fühlt es sich in diesem Moment alles andere als richtig an.

«Frau Hoffmann, wir kümmern uns um Ihr Kind», sagt eine Schwester, «aber bitte versuchen Sie, etwas zu schlafen. Sie sind seit mehreren Tagen wach und müssen sich von der Operation erholen.»

«Wann darf ich mein Kind sehen?», schluchzt Svenja.

«Spätestens morgen früh, wenn wir die Werte in den Griff bekommen haben», sagt die Schwester sanft, dann greift sie nach einem Klemmbrett und verlässt den Raum.

«Wenn die Kleine nachts aufwacht», flüstert Svenja tieftraurig, «dann wird niemand sie in den Arm nehmen. Sie ist doch gerade erst aus ihrer warmen Höhle rausgekommen und in diese fremde kalte Welt gerissen worden. Sie braucht doch ihre Mutter.»

Dann kehrt sie Michael den Rücken zu und denkt darüber nach, wie sie nach Einbruch der Dunkelheit zu ihrer Tochter gelangen kann. Sie lässt die Tränen auf ihrer Wange trocknen und fällt irgendwann zwischen tosenden Gedanken und Höllenschmerzen in einen leichten Dämmerschlaf.

***

«Alles gut, ich bin doch hier. Nein, nein, nein!», keucht Svenja und wird von ihrem eigenen Schrei aus dem Schlaf gerissen.

Wie bereits zuvor weiß sie, dass ihr Baby ganz alleine ist, aber in diesem Moment kommt noch ein anderes Gefühl hinzu. Eine innere Stimme sagt ihr laut und deutlich, dass ihre Tochter gerade aus vollem Halse schreit. Es fühlt sich an, als ob sie jeden Atemzug und jeden Schrei am eigenen Körper spüren kann, und sie weiß, dass sie als Mutter gerade mehr denn je gebraucht wird.

Das Gefühl für Raum und Zeit ist ihr noch immer gänzlich fremd, aber die Stille auf dem Flur deutet darauf hin, dass die Nacht eingebrochen ist.

Die Schwestern werden es nicht bemerken, wenn sie ihr

Zimmer verlässt, denkt sie, und so drückt sie sich mit ziehenden Schmerzen im Unterleib und einem schrecklichen Brennen an der Kaiserschnittnarbe hoch. Langsam setzt sie den ersten Fuß auf den Boden.

«Aaaah», stöhnt sie vor Schmerzen.

Beim Aufsetzen des anderen Fußes bemerkt sie, wie eine warme Flüssigkeit ihren rechten Oberschenkel herunterrinnt, doch sie kann jetzt auf keinen Fall aufgeben. Unter pochenden Schmerzen humpelt sie durch den Flur und bewegt sich langsam, ganz langsam, zum Ende des Ganges.

Nach dem Öffnen der Fahrstuhltür erhellt das Neonlicht ihre blutdurchtränkte Hose. Durch den Wochenfluss hat sich im oberen Bereich ein rotes Dreieck gebildet. Svenja tritt hinein, dann stoppt der Fahrstuhl unerwartet im nächsten Stockwerk, obwohl die Kinderstation noch einen Stock höher liegt.

«Guten Abend», sagt ein älterer Mann und tritt ein.

Ihre Blicke treffen sich kurz und bleiben in einem stillen, gedankenlosen Augenblick ineinander hängen. Er mustert sie von oben bis unten, dann schauen seine traurigen Augen auf die blutverschmierte Hose.

«Auf Wiedersehen», flüstert sie und verlässt den Fahrstuhl im nächsten Stockwerk.

Schon nach wenigen Schritten auf dem unbekannten Flur ertönt das kraftvolle Schreien ihrer kleinen Tochter.

«Moment mal, Frau Hoffmann? Was machen Sie denn hier?», ruft eine junge Ärztin und läuft mit schnellen Schritten auf sie zu.

Svenja erinnert sich nur noch schemenhaft an diese Frau, aber irgendwann im Operationssaal, als sie für den Kaiserschnitt betäubt wurde, hat sie das Gesicht schon einmal gesehen.

«Ich... ich...», presst Svenja hervor.

Ein gigantischer Kloß formt sich in ihrem Hals, während der pochende Schmerz ihrer Wunden immer stärker wird und sie langsam das Bewusstsein verliert.

«Ich kann laufen», flüstert sie mit letzter Kraft und deutet mit ihrer Hand in Richtung der Neugeborenen.

Die Ärztin schaut sie einen Augenblick lang vorwurfsvoll an und reibt sich nachdenklich die Stirn. Dann verschwindet sie seitwärts in einem Raum und eilt im nächsten Moment mit einem Rollstuhl auf die blutende Mutter zu.

Nicht nur ihre Wunden sind weit offen, denkt die Ärztin, sondern auch ihr Herz.

Die beiden Frauen folgen dem Schreien des Kindes und steuern zwischen den grellen Schildern der Notausgänge auf die Neugeborenen-Station zu. Das laute Schreien verstummt mit einem Mal, und ehe Svenja sich versieht, hält sie ihre kleine Tochter im Arm.

«Danke», flüstert sie mit Tränen in den Augen.

Die Ärztin kniet sich bedächtig zu ihr herunter.

«Wir beide machen jetzt einen Deal, okay? Ich bin noch die ganze Woche für die Nachtschicht eingetragen. Das nächste Mal, wenn die Kleine so laut schreit, hole ich Sie mit dem Rollstuhl ab. Einverstanden?»

Svenja nickt hoffnungsvoll und spürt, wie ihr heiße Tränen in die Augen steigen.

Es sind Tränen der Dankbarkeit.

«Wie lange müssen wir noch im Krankenhaus bleiben?»

«Die Werte haben sich schon verbessert und das Fieber ist auch gesunken. Ich denke, es werden noch ein oder zwei Tage sein.»

Nach einigen Minuten schläft das Baby auf ihrer Brust ein, dann legt die Ärztin es zurück in den Inkubator.

«Es wird alles gut, Frau Hoffmann. Sie haben ein starkes Mädchen geboren, eine richtige kleine Kämpferin!»

Als sich die Fahrstuhltür wieder öffnet, starren beide auf den großen glänzenden Blutfleck und den blutverschmierten Haltegriff.

«Ja, das ist sie wirklich, sie kommt nach ihrer Mutter», sagt Svenja und spürt zum ersten Mal seit Tagen einen Anflug von Erleichterung.

***

Es vergehen zwei weitere Nächte, in denen das Neugeborene nachts zu schreien beginnt und nur kurze Zeit später von seiner Mutter beruhigt wird.

Am dritten Tag nach der Geburt darf die Familie endlich das Krankenhaus verlassen, um dem kleinen Mädchen sein neues Zuhause zu zeigen. Es ist beinahe wie im Mutterleib: gemütlich, warm und sicher.

Das Haus liegt inmitten einer ruhigen Spielstraße und hat

ein wunderschönes Kinderzimmer mit flauschigen Kuscheltieren und lachenden Prinzessinnen an den Wänden. Durch das Heim fließt ein goldener Strom aus Herzensgüte, Wärme und Zuversicht, von zwei wunderbaren Eltern, die ihre Tochter über alle Maße lieben und beschützen, und ihr gleichzeitig die Freiheit lassen wollen, eine neue fremde Welt ganz für sich selbst zu erkunden.

So vergehen die ersten Wochen und Monate, in denen Svenja immer wieder Sätze hört wie «Meine Güte, euer Kind ist so brav», «Sie hört wirklich auf alles, was du sagst» oder «Ihr habt so eine starke Verbindung».

Ihre Tochter ist deutlich größer als andere Kinder im gleichen Alter, ihre Sinne sind geschärfter und sie hat eine unglaubliche Gabe dafür, neue Dinge um sich herum zu erfassen. Sie ist wissbegierig, aufmerksam, geduldig und bedacht.

«Mensch, Svenja, wie machst du das bloß?»

«Nun ja, wir hatten einen herausfordernden Start», antwortet Svenja dann mit einem wissenden Lächeln.

«Wir haben schon früh erkannt, wie wichtig wir beide füreinander sind.»

Ganz ihrem Wesen entsprechend hat sich die Kleine einen sonnigen Samstagmorgen ausgesucht, um ihre Mutter wieder einmal zu überraschen. An jenem Tag schleicht Svenja ins Kinderzimmer hinein und bemerkt, wie ihre glucksende Tochter mit dem Zeigefinger immer wieder auf sie deutet.

Und dann sagt sie in einem erstaunlich frühen Alter jenes zauberhafte Wort, das Svenja zum Weinen bringt.

Es sind Tränen der Dankbarkeit.

«Ma... Ma-ma!»

VII

Bald kommt der Frühling

«Lars? Willst du wirklich nicht ins Bett kommen?»

Silke lehnt im Türrahmen und beobachtet ihren Mann dabei, wie er das Laken über die Couch spannt und die Bettdecke darüber ausbreitet.

«Nein, Schatz. Ich habe wirklich Angst, dass ich den Kleinen im Schlaf verletze.»

«Ich finde es schade, dass wir nicht nebeneinander einschlafen», sagt Silke, «ich hätte so gerne ein Familienbett mit dir und Julian.»

Silke hält ihren kleinen Sohn in den Armen und gibt ihm einen zarten Kuss auf den Oberkopf.

«Guck' ihn dir doch an, er ist so winzig», sagt Lars.

«Stelle dir vor, ich drehe mich im Schlaf um und treffe ihn aus Versehen. Das Risiko ist mir einfach zu groß.»

«Na gut, wenn du meinst…»

«Aber Silke, wir hätten noch die andere Möglichkeit. Wir können Julian auch einfach ins Beistellbett legen. Er hört uns atmen und schläft bei uns, das ist doch das gleiche.»

«Nein, nein», antwortet Silke mit einem Kopfschütteln, «das geht nicht, er braucht den Körperkontakt zu mir. Ich hab's doch schonmal probiert.»

«Meinst du?»

«Das wäre eine Qual für ihn. Er würde sich nur die Seele aus dem Leib schreien.»

Mit traurigen Augen beobachtet Silke ihren Mann dabei, wie er das Kissen zurechtrückt, dann geht sie mit Julian vorsichtig aus dem Zimmer.

«Gut, dann schläft Papa eben auf der Couch», flüstert sie und schließt die Tür hinter sich.

Die Diskussion um das Beistellbett möchte Silke nicht weiterführen, denn sie weiß instinktiv, dass Julian ihre Körpernähe braucht. Ob beim Essen oder beim Schlafen, der kleine Junge ist rund um die Uhr in ihren Armen oder trinkt an ihrer Brust. Mittlerweile hat sie gelernt, einhändig durch den Alltag zu gehen.

Am Tag der Geburt wurde das Band zwischen Mutter und Sohn zerrissen, und nun beginnt es durch unaufhörlichen Körperkontakt langsam zu heilen. Der errechnete Geburtstermin von Julian fiel auf den 17. September, doch er kam schon am 12. August auf die Welt. Nachdem er vier Wochen in einem Inkubator auf der Frühchenstation lag, wurde er vor wenigen Tagen endlich entlassen. Silke durfte ihn im Krankenhaus nur während der Besuchszeiten sehen, und diese lange Trennung von Mutter und Kind hat ihre Spuren hinterlassen.

Zudem war es eine äußerst anstrengende Geburt. An jenem Tag im August schlenderten Silke und Lars durch einen Tierpark, danach gingen sie in der Stadt noch etwas essen. Mit einem Mal bemerkte Silke einen Wasserrinnsal in ihrer Hose. Was war das?

Sie vermutete, dass sie bloß eine Blasenschwäche hatte, wollte sich aber lieber untersuchen lassen.

Als Silke und Lars im Krankenhaus ankamen, gab die Ärztin eine unerwartete Diagnose: Die Fruchtblase war gesprungen und Silke stand kurz vor der Geburt. Schon im nächsten Moment wurde sie mit Blaulicht in eine Spezialklinik verlegt.

In der Hektik hatte Silke weder persönliche Gegenstände

noch frische Wechselkleidung dabei. Warum auch? Sie wollte ihre Krankenhaustasche frühestens in zwei Wochen packen.

«Es ist noch viel zu früh», wimmerte sie.

Silke hatte den ganzen Tag in den Knochen und konnte nicht realisieren, was da geschah. Sie bekam weder von der Hebamme noch von der Ärztin eine eindeutige Antwort, was nun passieren würde. Außerdem ähnelte dieses Krankenhaus eher einer alten Schwimmhalle als einem Ort, an dem sie ihr erstes Kind zur Welt bringen wollte.

Schon kurze Zeit später musste sie sich übergeben und ihre Schulter krampfte sich zusammen. Die darauffolgenden Stunden nahm Silke nur noch durch einen trüben Schleier wahr: Sie bekam eine Spritze ins Rückenmark und musste einen endlosen Kreislauf aus Anstrengung, Müdigkeit und Erschöpfung durchlaufen. Hinzu kam die Angst, ob das Baby die frühe Geburt unbeschadet überstehen würde.

Um sieben Uhr morgens blickte Silke in das kleine Gesicht ihres Sohnes. Julian war in Tücher eingewickelt und für einen kurzen Augenblick konnte sie ihn halten. Doch es blieb kaum Zeit für einen Kuss, denn schon im nächsten Moment nahmen ihr die Ärzte das Kind wieder weg und brachten ihn rasch aus dem Zimmer.

«Warum nehmen sie ihn weg?», rief sie panisch und griff nach der Hand ihres Mannes.

In den darauffolgenden Wochen besuchte sie ihren Sohn so oft wie möglich auf der Frühchenstation. Silke wollte ihren neugeborenen Sohn in dieser schweren Zeit einfach nur halten und wärmen, doch sie durfte die Station nur zu bestimmten Zeiten betreten – es war ein großer Bruch zwischen Mutter und Sohn. Erst vier Wochen später kam der große Tag, an dem Silke ihr Baby mit nach Hause nehmen durfte, und seitdem beginnt das Trauma langsam zu heilen.

Julian hat nun viel Nachholbedarf und braucht rund um die Uhr die ungeteilte Aufmerksamkeit seiner Mutter. Es scheint beinahe, als müsse er jede verpasste Stunde nachholen und die Körperwärme, den Herzschlag und den Duft seiner Mutter in sich aufsaugen. Der Junge ist sensibel und hatte einen extrem schwierigen Start ins Leben.

«Dann eben kein Familienbett», flüstert Silke ihrem Sohn enttäuscht zu.

Sie legt sich mit ihm auf die große Matratze und kuschelt sich an ihn heran. Eine leise Traurigkeit steigt in ihr auf, weil sie sich das abendliche Schmusen mit Lars und Julian sehnlichst wünscht.

«Naja, er schläft ja nicht für immer auf der Couch», murmelt sie und fällt in einen leichten Dämmerschlaf.

***

Nur wenige Wochen später zog die kleine Familie aus der Zwei-Zimmer-Wohnung in ein geräumiges Haus am Stadtrand. Alles ging unglaublich schnell: Silke und Lars fanden eine gut gelegene, aber in die Jahre gekommene Immobilie in einer ruhigen Wohngegend.

Silke nutzte ihre Elternzeit, um ein schönes Familiennest zu gestalten. Nach dem Einzug war sie von morgens bis abends mit dem Haus beschäftigt. Julian brauchte noch immer den ständigen Körperkontakt, also rief sie mit dem Baby auf dem Arm alle möglichen Handwerker an, kümmerte sich um neue Fußleisten und räumte die Küche auf.

Häufig wachte Silke morgens im vollgestellten Schlafzimmer auf und hatte unzählige kleine Baustellen vor sich, aber dennoch war sie überglücklich. Immerhin hatte sie nun alles, was sie schon immer haben wollte: einen liebevollen Ehemann, ein Baby und ein Einfamilienhaus. Es war viel zu tun, aber das machte ihr nichts aus.

Zusammen mit dem Einzug kam ein weiteres Projekt auf die Familienagenda. Lars entschied sich nach längerem Abwägen dazu, seinen Job zu kündigen und sich mit einem Handwerksbetrieb selbstständig zu machen. Er hatte ein gutes Konzept und wollte handgefertigte Produkte im Internet verkaufen. Silke hatte noch Ersparnisse und bekam recht viel Elterngeld, also bot sie ihm an, ihn finanziell abzusichern.

Warum auch nicht?

Natürlich wollte sie ihren geliebten Mann unterstützen, denn sie glaubte an seine Fähigkeiten und fand es bewundernswert, dass er den Mut für dieses Abenteuer hatte. Vor der Geburt hatte Silke die höhere Position und das bessere Nettogehalt, und nun war Lars an der Reihe.

Das Unternehmen erzielte nach wenigen Wochen erste Erfolge und schon bald konnte Lars zwei Aushilfen in Teilzeit einstellen. Silke und Lars räumten das freie Gästezimmer und die geplanten Kinderzimmer im hinteren Teil des Hauses leer, um dort einen Bürobereich einzurichten. Druckpressen, Papier, Textilien und Verpackungsmaterialien stapelten sich im gesamten Untergeschoss.

Die Firma wurde zum Herzstück des Hauses und Lars fuhr immer häufiger auf Handwerksmessen oder Networking-Events. Gelegentlich ließ er sich im Familienalltag blicken und kurze Zeit später kreiste er wie ein Satellit ganz weit weg. Silke störte sich nicht daran, denn immerhin war sie mit ihren eigenen Projekten beschäftigt: Baby, Kochen, Haushalt, Renovierungen, Besorgungen… Es war ihrer Meinung nach nicht nötig, dass beide Partner sich mit schlaflosen Nächten und vollen Windeln herumschlugen.

Das Haus war schon bald renoviert und die Firma wuchs unaufhörlich. Die beiden fanden in der Nachbarschaft einen Freundeskreis, der größtenteils aus verheirateten Paaren mit Kindern bestand. Bei abendlichen Grillfesten im Garten fielen immer wieder die gleichen Fragen: «Und, wie sieht's bei euch aus? Wann kommt das zweite?»

«Wir wollen mindestens drei Kinder haben», sagte Lars, «und noch einen Hund dazu.»

Silke und Lars stritten sich im ersten Lebensjahr von Julian nur sehr selten. In einigen Situationen äußerte Silke ihren Unmut darüber, dass sie für Julian noch immer das hauptverantwortliche Elternteil war, aber es kam nie zu ausschweifenden Diskussionen.

Vielleicht musste Lars in die Vaterrolle noch reinrutschen, dachte Silke, vermutlich kommt das beim nächsten Kind. Manchmal wunderte sie sich auch darüber, dass Lars noch immer auf der Couch schlief, denn seit der Geburt von Julian vor mehr als zwei Jahren war er nicht mehr ins Bett zurückgekommen. Das würde sich bald legen, dachte sie, er würde ja nicht für immer auf der Couch schlafen.

***

«Die Kleine ist wunderschön, oder?»

Silke streichelt ihrer neugeborenen Tochter über die Stirn und wischt sich eine Träne aus dem Gesicht.

«Ja, ein Engel», antwortet ihre Schwester Anja.

«Guck mal, Lisa. Das ist deine Tante!»

Die beiden Frauen schauen das schlafende Baby an und seufzen vor Freude.

«Bin ich froh, dass deine Geburt dieses Mal so angenehm war», sagt Anja.

Silke nickt und greift nach der Hand ihrer Schwester. Die Geburt war tatsächlich ein wahrgewordenes Wunder, denn im Gegensatz zu Julian kam Lisa pünktlich am errechneten Geburtstermin. Nur sechs Stunden nach den ersten Wehen lag das Baby putzmunter auf ihrer Brust.

Als Silke zum ersten Mal in das propere Gesicht von Lisa

schaute, spürte sie, dass etwas mit ihr geschehen war. Bei dieser Geburt war sie die Hoheitsperson im Raum, denn die Hebamme und die Ärztin hörten ihr aufmerksam zu. Im Gegensatz zur ersten Geburt wurde sie mit viel Respekt behandelt. Das vergangene Geburtstrauma wurde durch diese wunderschöne Erfahrung geheilt und nach drei Jahren fand Silke endlich Frieden.

«Sag mal, Silke», sagt Anja etwas zögerlich, «jetzt muss ich aber doch mal fragen: Wo bleibt Lars eigentlich?

Anja richtet sich auf und bemerkt den unsicheren Gesichtsausdruck ihrer Schwester.

«Habt ihr euch vor der Geburt gestritten? Sorry, dass ich die Stimmung jetzt trübe, aber der lässt sich gar nicht blicken.»

«Nein, nein, alles gut. Lars ist nach der Geburt mit Julian wieder nach Hause gefahren.»

«Warum?»

«Das hatten wir vorher so abgesprochen. Wir hätten den Kleinen doch nicht zur Tagesmutter geben können. Du weißt, wie er manchmal ist.»

«Naja, aber das war vorgestern, oder? Lars könnte doch schon längst herkommen. Ich hab' euch doch gesagt, dass ich Julian zwischendurch nehmen kann.»

Silke denkt einen Moment nach, aber sie kann Anja keine Antwort darauf geben. Natürlich wäre es auch ihr größter Traum, dass Lars in diesem Moment ins Zimmer stürmt, um seine neugeborene Tochter zu sehen.

Eigentlich dachte Silke, dass er nur eine kleine Verschnaufpause braucht und am nächsten Morgen mit Julian zurück ins Krankenhaus kommt. Allerdings haben Silke und Lars nur durchgeplant, was kurz nach der Geburt passiert, und über die darauffolgenden Tage haben sie nie gesprochen.

«Ach, Anja, ich weiß es auch nicht. Lars hat momentan viel Stress in der Firma, und dann noch Julian... der rennt zuhause auch überall rum.»

Anja kräuselt ihre Augenbrauen und schaut ihre Schwester misstrauisch an.

«Kurz nach der Geburt? Das ist doch total merkwürdig.»

Silke zuckt verlegen mit den Schultern und erinnert sich an das letzte Telefonat mit Lars. Seit der Geburt hört sie von ihm eine haarsträubende Ausrede nach der anderen, und nun bemerkt sie, wie sie diese Ausreden an ihre Schwester weiterträgt.

Sogar entfernte Verwandte rufen bei Silke an und fragen nach Lisas Befinden, nach ihrem Gewicht, ihrer Größe und ihrem Haarflaum. Die Geburt von Lisa hat so viele Menschen in Aufruhe versetzt, doch Lars schafft es nicht einmal ins Krankenhaus.

Anja setzt sich besorgt zu ihrer Schwester an die Bettkante und schaut das neugeborene Baby an.

«Der kommt bestimmt bald», seufzt Silke.

Nun schweben die Gedanken der beiden Schwestern durch den ganzen Raum, doch keiner vermag sie laut auszusprechen.

Warum will Lars seine eigene Tochter nicht sehen?

Warum lässt er seine Ehefrau nach der Geburt im Krankenhaus allein?

***

Am nächsten Morgen rollt Silke ein kleines Paket in ihren Händen hin und her. Mittlerweile neigt sich der dritte Tag im Krankenhaus dem Ende zu und Lars ist noch immer nicht gekommen.

«Schade, Lisa... eigentlich hättest du deinem Bruder das Geschenk längst überreichen sollen», sagt sie traurig.

Vor der Geburt hat Silke ein Spielzeug als symbolisches Geschenk besorgt, damit Julian mit diesem Tag auch etwas Schönes verbindet. Silke wollte daraus eine kleine Zeremonie machen, damit sich Bruder und Schwester feierlich kennenlernen.

Nach einem lauten Seufzer sinkt sie ins Kissen zurück und denkt fieberhaft über die letzten Monate nach. Gibt es Konflikte in ihrer Ehe, die sie übersehen hat? Könnte Lars wegen irgendwas sauer sein? Womöglich war Silke während der zweiten Schwangerschaft etwas emotionaler und gewiss hatte sie ihre Eigenarten, aber das erscheint ihr recht normal mit all den hormonellen Umstellungen.

Silke überlegt, ob die beiden durch die Firma und die vielen Abendveranstaltungen auseinandergedriftet sind. Sie ließ sich mit ihrem Kugelbauch zwar gelegentlich auf Feiern blicken, aber war nicht immer in bester Laune. An diesen Abenden roch es nach Alkohol und Rauch. Was sollte sie als schwangere Frau zwischen dem lauten Gerede und der dröhnenden Musik? Sie war müde und musste auf ihren Körper achten, zudem hatte sie völlig andere Prioritäten als die trinkfreudigen Gäste.

In den letzten beiden Trimestern gab es nichts Schlimmeres für Silke, als nüchtern zwischen angeheiterten Menschen zu sitzen und sich Smalltalk anzuhören, während ihr noch der lange Tag mit Julian in den Knochen steckte.

Hätte sie Lars auf diesen Events stärker unterstützen sollen? Ist es möglich, dass ihr Ehemann sie im Wochenbett alleine lässt, weil sie sich während der Schwangerschaft zurückgezogen hat?

Mit einem flauen Gefühl im Magen greift Silke nach ihrem Smartphone und wählt seine Nummer, doch niemand hebt ab.

«Jetzt ist es wirklich extrem merkwürdig», murmelt sie.

Obwohl die Angst ihre Kehle hochsteigt, schluckt sie den großen Kloß schnell wieder runter. Und wenn ihre Ehe tatsächlich in Gefahr ist, dann hat sie keine Ahnung, wie es dazugekommen ist.

***

«Du, Lars?»

«Was denn?»

«Wir müssen miteinander sprechen. Ich habe das Gefühl, dass du seit Lisas Geburt nicht wirklich da bist.»

Lars sitzt an seinem Schreibtisch und schaltet eine kleine Lampe an. Silke setzt sich neben ihn auf einen Sessel und schaut ihn eindringlich an.

«Du hast dich in den letzten zwei Wochen total abgekapselt. Ich finde das nicht in Ordnung, wir sind doch eine Familie und haben ein neugeborenes Baby.»

«Silke, du hast keine Ahnung, was in der Firma los war. Ich bin einfach nur müde.»

«Frag' mich mal», antwortet Silke patzig, «ich habe gerade ein Kind zur Welt gebracht. Es kann nicht sein, dass du dich aus allem rausziehst. Es geht so vieles gerade nicht.»

Lars starrt in die Leere und schweigt einen Moment.

«Gut, Silke, dann machen wir's jetzt.»

«Was machen wir jetzt?»

«Ach, komm! Unsere Ehe ist doch schon lange kaputt.»

«Wie bitte?»

«Jetzt mal ehrlich, zwischen uns stimmt gar nichts mehr. Wir reden kaum noch miteinander, merkst du das nicht?»

«Lars? Was heißt das?»

«Na, ich kann das nicht mehr. Es ist vorbei. Wir müssen da auch nicht weiter drüber reden.»

Wie eine schweigende Wand neigt sich Lars wieder dem Bildschirm zu und starrt ins Neonlicht. Völlig benommen steht Silke auf und verlässt stillschweigend das Zimmer.

Bin ich jetzt in einer Parallelwelt? Kann das wahr sein? Hat er die Beziehung beendet?

Lässt er mich mit einem dreijährigen Jungen und einem Baby allein, das nichtmal einen Monat alt ist?

Die ganze Nacht lang liegt Silke hellwach in ihrem Bett, während Lars unten auf der Couch schläft. Sie starrt an die Decke und analysiert jede kritische Situation aus den letzten Jahren. War es ein Fehler, nach der ersten Geburt auf das Familienbett zu bestehen? Hätte sie Lars beruflich mehr unterstützen sollen? Was hat sie falsch gemacht?

Nach langen Grübeleien beschließt sie in den frühen Morgenstunden, dass Lars vermutlich nur ein Warnschild aufstellen wollte. Das tut er immer, wenn er mehr Raum in der Beziehung braucht: Er wirft mit spitzen Pfeilen um sich und verletzt sein Gegenüber.

Gegen sieben Uhr morgens stillt Silke ihre Tochter im Obergeschoss, während aus der unteren Etage die üblichen Geräusche ertönen.

Lars und Julian frühstücken miteinander und der kleine Junge brabbelt fröhlich vor sich hin. Dann gibt es etwas Knatsch, weil Julian nicht in den Kindergarten will und die Tür fällt ins Schloss.

Etwa zwanzig Minuten später kommt Lars wieder herein, die Schritte hallen im Flur und hören abrupt auf. Silke atmet tief ein und legt Lisa in ihr Bettchen. Mittlerweile erscheint es ihr völlig absurd, dass Lars sich tatsächlich am vorigen Abend von ihr trennen wollte.

«Guten Morgen», sagt sie vorsichtig zu Lars, «ich will mich oben nicht verschanzen. Lass uns ganz offen darüber reden, was gestern passiert ist.»

«Was meinst du damit?», fragt Lars.

«Ich habe letzte Nacht viel nachgedacht. Ich sehe bei mir auch viele Dinge, die nicht gut gelaufen sind, und das tut mir leid. Ich werde ab sofort versuchen, dir besser zuzuhören. Das war vielleicht alles zu viel für dich. Lass uns da künftig mit offenem Herzen und direkter Kommunikation rangehen, okay?»

Sie wartet einen Moment ab, doch es bleibt still.

«Also Lars, mit Julian mussten wir uns anfangs auch einpendeln, das wird mit Lisa genauso.»

Lars steht verdutzt vom Tisch auf und geht herüber zur Kaffeemaschine, dann dreht er sich mit einem verständnislosen Kopfschütteln um.

«Sag mal, Silke, was ist eigentlich los mit dir?»

«Was meinst du?», fragt sie etwas verlegen.

«Was gibt's denn daran nicht zu verstehen? Ich habe doch gestern klar und deutlich gesagt, dass es vorbei ist.»

«Aber--»

«Nichts, aber! Ich will mich von dir trennen.»

Wie in Trance steht Silke vom Küchentisch auf und geht mit wackeligen Schritten aus dem Raum heraus. Hochzeit, Haus, Familie, Kinder und die alles überscheinende Firma – das ganze Konstrukt droht in sich zusammenzufallen. Das Fundament zerbröselt und ein gewaltiges Beben setzt sich in Bewegung.

«Ich fahre mit Lisa zu Anja», ruft Silke mit trockenem Hals, doch es kommt keine Antwort.

Auf der Autobahn hinterlässt Silke ihrer Schwester eine kurze Sprachnachricht, und als sie die Worte «Lars hat mich verlassen» laut ausspricht, drückt sie wütend das Gaspedal herunter. Doch nur wenige Sekunden später muss sie rechts ranfahren und anhalten, weil ihre Emotionen hochkommen. Sie bricht schluchzend in Tränen aus und legt ihre Stirn verzweifelt gegen das Lenkrad. Ihr fehlt die Luft zum Atmen.

«Was mache ich denn ganz alleine mit zwei Kindern», schluchzt sie.

Als sie bei Anja auf den Hof rollt, rennt ihre besorgte Schwester zum Auto und reißt die Fahrertür auf.

«Ist Julian im Kindergarten?»

Silke nickt hastig.

«Gut, jetzt kümmern wir uns erstmal um dich.»

Anja eilt zur Beifahrertür und nimmt Lisa vorsichtig an sich, und in diesem Moment kann sich Silke nicht mehr zusammenreißen. Der kalte Herbstwind peitscht ihr ins Gesicht und der Boden unter ihren Füßen verschwindet. Silke fällt in ein tiefes schwarzes Loch und alles bricht in sich zusammen.

***

«Meine Güte, was für ein Vollidiot verlässt seine Frau im Wochenbett», flucht Anja und brüht ihrer Schwester einen Tee auf.

«Eigentlich müsste er dich jetzt betüdeln und sich darum kümmern, dass du dich von der Geburt erholst. Wenn er schon länger mit dir Probleme hatte, dann hätte er wenigstens noch ein paar Monate die Klappe halten sollen.»

Silke beobachtet ihre Schwester und verspürt erstaunlich wenig Emotionen, denn noch immer erscheint ihr alles zu absurd.

Jede Nacht ist sie damit beschäftigt, ihre Partnerschaft genau zu analysieren, vom ersten Date bis zur unerwarteten Trennung. Es fing alles so wundervoll an, wie konnte das passieren? Wo liegt der große Fehler? Was hat sie all die Jahre nicht gesehen?

«Lass' ihn jetzt bloß nicht so schnell aus der Verantwortung raus, Silke! Nach der Geburt abhauen, das geht nicht! Er hat sich jetzt gefälligst um euch zu kümmern. Man, das hätte ich niemals von ihm gedacht!»

Tatsächlich ging auch Silke davon aus, dass Lars sich ein Leben lang um sie kümmern würde. Vom ersten Moment an dachte sie, dass sie in seinen Händen sicher war, denn er sagte in jeder Situation genau die richtigen Worte.

Wie ein strahlender Prinz kam Lars vor fünf Jahren in ihr Leben und erzählte schon beim ersten Kennenlernen von seinem großen Kinderwunsch. Er wollte ein junger Vater sein, sagte er, und suchte eine «Frau fürs Familiennest». Silke ließ sich mit offenem Herzen in dieses Abenteuer fallen, denn sie sehnte sich nach diesem anderen Leben, von dem Lars die ganze Zeit sprach. Mit ihm war alles leicht und unkompliziert, und schon nach fünf Wochen zog sie bei ihm ein.

Mit der Familienplanung holte Lars sie an der richtigen Stelle ab, denn Silke war mit ihrer beruflichen Situation damals äußerst unzufrieden. Sie arbeitete zwölf Stunden täglich und auch an den meisten Wochenenden, um die Karriereleiter zu erklimmen. Doch all die Schufterei hatte sich nie ausgezahlt, weder monetär noch durch Anerkennung von Kollegen. Mehrere Jahre lang schleppte sich ihr Leben dahin und sie wusste nicht, wie es weitergehen sollte – und dann kam Lars.

Die erste Schwangerschaft war nicht nur ein langersehnter Traum, sondern auch ein erlösender Ausweg aus dem Berufsirrsinn. Auch die spontane Hochzeit war perfekt, dann kam recht schnell der Umzug ins Haus und ein neues Leben als Mutter. Alles ging nahtlos ineinander über und es gab nicht eine einzige Ehekrise in all den Jahren.

«Ich verstehe es einfach nicht», murmelt Silke und dreht sich zu Anja.

«Was habe ich falsch gemacht? Was kann so schlimm sein, dass er mich im Wochenbett sitzenlässt? Warum tut man sowas?»

Mit ihren Freundinnen aus der alten Nachbarschaft kann Silke nicht darüber sprechen. Die Trennung ist ein unangenehmes Thema und häufig fallen am Telefon die Worte:

«Warte mal ein paar Wochen, das renkt sich wieder ein.» oder «Bist du sicher? Lars hat das bestimmt nicht so gemeint.»

Nach diesen Reaktionen kann Silke nur enttäuscht den Telefonhörer weglegen. Sie wurde von ihrem Mann im Wochenbett verlassen und diese Frauen trauen ihr nicht einmal zu, die Lage richtig einzuschätzen. Andererseits befürchtet Silke auch, dass ihre Freundinnen womöglich etwas Angst bekommen. Immerhin kennen auch sie den stressigen Alltag mit kleinen Kindern, und auch bei ihnen kriselt es gelegentlich in der Ehe.

***

Der Alltag musste nach der Trennung weitergehen und die kleine Wohnung von Anja wurde zu eng, also zog Silke mit den Kindern zurück ins Haus.

Sie lebte über mehrere Wochen hinweg in einer Scheinwelt: Lars ging morgens mit Julian in den Kindergarten und putzte abends mit ihm die Zähne, während Silke sich um das Baby kümmerte. Die Nachbarn bemerkten nichts von der Trennung und auch die Angestellten von Lars dachten, dass das Ehepaar nach der Geburt einfach nur gestresst war.

Sobald die Kinder abends schliefen, versuchte Silke immer wieder mit aller Mühe, die Gründe für die Trennung zu erfahren. Während Lars auf der Couch sein Bett machte, stand sie im Türrahmen und fragte, ob die beiden wirklich alles aufgeben wollten? Warum er seine Familie im Stich ließ? Seit wann er sie nicht mehr liebte?

Doch Silke bekam keine Antworten.

«Mensch Lars, du bist ein Teil der Familie», sagte sie verzweifelt, «ich brauche deine Hilfe mit zwei kleinen Kindern, ich schaffe das nicht alleine.»

«Ich kann diesen Stress nicht mehr aushalten, ich muss

auch auf meine Gesundheit achten», antwortete Lars.

Er wollte einfach nur raus aus der Ehe, sagte er, und knipste das Licht aus. Es schien ihn nicht zu interessieren, dass sie gerade aus dem Wochenbett herausgekommen war und ebenfalls gesundheitliche Beschwerden hatte.

Nur wenige Wochen später wollte er endgültig ausziehen, obwohl die beiden in einem gigantischen Chaos standen. Es gab gemeinsame Verträge, Bankkonten, Versicherungen und Immobilien, die sie der Reihe nach auflösen mussten. Silke verstand nicht, warum Lars mit einem Mal ausziehen wollte – immerhin drängten ihn die Umstände nicht dazu. Er lebte mit seinen Kindern zusammen unter einem Dach und das Parallelleben im Alltag funktionierte erstaunlich gut. Doch es schien, als hätte sich ein Schalter umgelegt: Lars handelte plötzlich unter Zugzwang, als gäbe es noch einen anderen Grund als die gescheiterte Ehe.

Silke hatte eine leise Ahnung, denn nach seinen Geschäftsterminen hatte er neuerdings eine befremdliche Art an sich. Er sprach anders und sogar seine Mimik nahm neue Züge an. Silke kannte diesen Mann nicht mehr. Seit dem Trennungsgespräch wusste sie intuitiv, dass er mit seinen Gedanken schon ganz woanders war. Vermutlich bei einer anderen Frau.

Obwohl Lars jeglichen Verdacht abstritt, sollte ihre innere Stimme Recht behalten. In der Nacht vor seinem Auszug wollte sich Silke ein Glas Wasser holen, als sie leise Stimmen aus dem Bürobereich vernahm. Lars saß lachend vor seinem Bildschirm und führte ein Videotelefonat mit einer Geschäftspartnerin.

«Jetzt komm' erstmal zu mir, Lars, dann wird alles besser. Ich weiß, dass es schwer ist, aber bald sind wir zusammen.»

Nach all den schlaflosen Nächten und dem Durchexerzieren ihrer Beziehung bekam Silke endlich ihre Antwort: Es gab tatsächlich eine andere Frau in seinem Leben.

Als Lars ahnungslos aus dem Zimmer heraustrat, erschrak er kurz, denn Silke saß auf der dunklen Treppe und blickte ihn mit einem wissenden Gesichtsausdruck an. Seine Verlegenheit offenbarte mehr als tausend Worte und mit einem Mal war alles gesagt.

***

«Keine Sorge, Frau Wildner, Sie sind eine gute Mutter. Sie meistern das alles großartig, und solche Gedanken sind ganz normal.»

«Wirklich?», fragt Silke mit Tränen in den Augen.

«Natürlich. Sie sind momentan einfach nur überwältigt von der Situation und es ist viel passiert. Da kann man schonmal die Fassung verlieren.»

Silke lehnt sich erleichtert zurück in den Sessel und schaut ihre Therapeutin eine Weile an, ohne etwas zu sagen. Mit niemandem aus ihrem Freundeskreis könnte sie so offen und schonungslos ehrlich über heikle Themen sprechen. Es ist erstaunlich, denkt Silke, wie professionell diese Frau bleibt.

Silke kann ihre absurdesten Gedanken aussprechen und den Teufel an die Wand malen, doch ihre Therapeutin reagiert mit einer erstaunlichen Gelassenheit.

«Ich habe das Gefühl, ich muss alles sofort regeln», sagt Silke nachdenklich, «oder zumindest die Trennung für mich schnell abhaken.»

«Sie haben alle Zeit der Welt, um das aufzuarbeiten. Mit der Zeit werden Sie schon herausfinden, was in der Partnerschaft schiefgelaufen ist. Aber jetzt müssen wir erstmal dafür sorgen, dass es Ihnen und den Kindern gutgeht. Eins nach dem anderen.»

Silke nickt und spürt eine tiefe Dankbarkeit.

Jedes Mal baut sie gemeinsam mit ihrer Therapeutin ein Konstrukt auf, mit dem sie die nächsten sieben Tage überstehen kann. Und wenn es ihr langsam wieder schlechter geht, kommt schon der nächste Termin.

«Wie läuft's denn mit der neuen Wohnung?», fragt die Therapeutin interessiert.

«Gut. Ich habe gestern den Mietvertrag unterschrieben.»

«Und der Abschied von der alten Nachbarschaft?»

«Naja... ich wollte eigentlich nicht in meine Heimatstadt zurück, aber ich sehe jetzt schon, dass es die richtige Entscheidung war. Ich konnte die Kinder gestern einfach bei meiner Schwester rauswerfen.»

«Sehr gut! Also meinen Sie, dass Sie bald zur Ruhe kommen können?»

«Ja, ich denke schon», sagt Silke nachdenklich, «Schule und Kindergarten sind direkt um die Ecke. Ich wollte nicht kurzfristig irgendwas anmieten und nächstes Jahr wieder umziehen. Die Kinder sollen in der Wohnung großwerden.»

In Gedanken schweift Silke noch einmal zurück in die Vergangenheit, als sie das Haus zum Verkauf inserierte. Sie wollte mit den Kindern auf keinen Fall dort wohnen bleiben oder als künftige Vermieterin etwas damit zutun haben. In jedem einzelnen Zimmer hingen die schmerzhaften Erinnerungen an ihre zerbrochene Ehe.

«Ich bin echt froh, dass der Hausverkauf gut vorangeht. Bald ist alles geschafft», sagt Silke, «das wäre eine katastrophale Ehe gewesen».

Die Therapeutin nickt.

«Was er mir angetan hat, ist unverzeihlich. Und selbst wenn wir es nochmal versucht hätten: Ich würde mich immer fragen, wann er mir das nächste Mal ins Genick tritt. Ich habe das viel zu lange in meinem Leben mitgemacht, dieses ständige Anpassen.»

«Was meinen Sie damit?»

«Naja, man denkt schon in frühen Jahren, dass man irgendwie falsch ist. Mir ging es zumindest lange so: So wie ich bin, bin ich nicht richtig. Ich muss mich ändern, damit ich in mein Umfeld passe. Ich wollte es mein Leben lang allen recht machen und habe mich nie damit auseinandergesetzt, was ich eigentlich will. Wo möchte ich hin? Was ist mir wichtig?»

«Welche Antworten haben Sie gefunden?»

«Ich würde sagen, dass ich auf einem guten Weg bin. Ich habe jetzt die Chance, mein ganzes Leben zu entrümpeln.

Das hätte ich sonst niemals gemacht. Ich habe mich aufgerappelt und gemerkt, dass ich es nur mit mir selbst schaffen kann. Alles drumherum ist keine hundertprozentige Sicherheit.»

Für die ersten Schritte als alleinerziehende Mutter nahm sich Silke enorm viel Zeit. In der kritischen Anfangsphase bewegte sie sich ganz langsam vorwärts, um jeden Moment mit der größtmöglichen Achtsamkeit zu bewältigen. Silke wusste, dass sie die Verantwortung für zwei kleine Kinder hatte und unter all dem Druck nicht zerbrechen durfte. Häufig hallten dabei die Worte ihrer Therapeutin durch ihren Kopf:

«Es geht nur mit mir, nicht ohne mich. Es geht nur mit meinen Kindern, nicht ohne meine Kinder.»

Über die Wintermonate hinweg lernte Silke, wie sie Schritt für Schritt in ein selbstbestimmtes Leben als alleinerziehende Mutter übergehen konnte. Sie wusste, dass ihre Energiereserven wertvoll waren, und dass sie damit gut haushalten musste.

Für jeden neuen Tag nahm sie sich eine wichtige Aufgabe vor und plante zwischen To-Do's wie «Wohnung in der Blumenstraße anschreiben» und «Kindergartenplatz suchen» großzügige Zeitpuffer zum Ausruhen ein.

Sie wollte sich nicht überfordern, um für ihre Kinder achtsam zu bleiben.

Es geht nur mit mir, nicht ohne mich.

Das hat sie bislang durch ihre Therapiesitzungen gelernt: Silke muss sich auf die Gegenwart konzentrieren – auf den jetzigen Moment – um sich vor dunklen Gedankenspiralen und Zukunftsängsten zu schützen. So kann sie an der hellen Oberfläche bleiben und für ihre Kinder eine gute Mutter sein.

Es sind die kleinen Momente im Alltag, an denen sie sich optimistisch entlanghangelt. Auf dem Tisch stehen frische Blumen und ihre Tochter trinkt zufrieden an ihrer Brust, während Julian lustige Geschichten aus dem Kindergarten erzählt. Abends kuscheln sich alle gemeinsam ins Bett, denn nun gibt es ein Familienbett, wie sie es sich immer gewünscht hat.

Silke legt ihren Kopf in den Nacken und denkt einen Moment nach, dann wandert ihr Blick zum Fenster. Sie schaut noch einmal genauer hin und bemerkt, dass die Magnolie im Garten ihre ersten Knospen öffnet.

In ihrem Gesicht breitet sich ein Lächeln aus, denn sie bemerkt, dass der Frühling bald beginnt.

***

In den darauffolgenden Trennungsjahren erkannte Silke mit einem äußerst klaren Blick, warum ihre Ehe gescheitert war. Sie übte sich im Verzeihen und schloss Frieden mit der Vergangenheit – nicht nur in Bezug auf Lars, sondern auch ihre eigenen Entscheidungen. Sie verstand ihre

Gedanken und Gefühle nach all den Jahren, und viele schmerzhafte Momente stellten sich im Nachhinein als wertvolle Lektionen heraus.

Obwohl die Scheidung ihr auf emotionaler Ebene viel abverlangte, bekam sie durch diesen Schicksalsschlag die Möglichkeit, ihr Leben selbst in die Hand zu nehmen und nach ihren eigenen Vorstellungen zu gestalten. Sie bildete sich in finanzieller Hinsicht weiter und stellte sich in jedem Lebensbereich vollkommen neu auf.

Mit der Zeit fand Silke neue Strategien rund um das Thema «alleinerziehend» und bündelte ihre Erfahrungen für andere alleinerziehende Mütter. Immerhin war sie durch eine Lebenskrise gegangen, die ihresgleichen suchte.

Dennoch blieb ein einziger Bereich übrig, in dem Silke noch immer ihre eigenen Bedürfnisse vernachlässigte, um es ihrem Umfeld rechtzumachen. Sie bemerkte es selbst gar nicht, aber eine schicksalhafte Begegnung wies sie darauf hin.

Nach der Besprechung eines neuen Projektes fragte eine Bekannte, wann Silke ihr nächstes Umgangswochenende hätte. Silke war etwas irritiert, denn regelmäßige Umgangswochenenden gab es in ihrem Leben nicht. Vielmehr sprach sie sich kurzfristig mit Lars ab, und häufig erfuhr sie erst am Donnerstag, dass er die Kinder übers Wochenende zu sich nehmen wollte. Silke war dennoch äußerst dankbar, dass die Kinder ihren Vater überhaupt sahen. Sie musste sich mit Lars nicht gerichtlich einigen, die beiden hatten eine freundschaftliche Ebene gefunden.

«Was? Ihr habt keine festen Termine?», fragte ihre Gesprächspartnerin verdutzt.

«Wie kannst du deine Termine planen? Du musst doch mal die Hände frei haben.»

In diesem Moment stellte Silke fest, dass es auch die zufälligen Begegnungen und unerwarteten Projekte sein können, die das ganze Leben in eine völlig neue Richtung lenken.

Wann hast du dein nächstes Umgangswochenende?

Nach dieser Frage suchte Silke das Gespräch mit Lars und erklärte ihm, dass sie mehr Planungssicherheit brauchte. Sie lebte mittlerweile von ihrer Selbstständigkeit und musste eine Familie ernähren, und es kamen immer mehr Projekte dazu. Es waren zwar einige Diskussionen mit Lars nötig, um ihm die Dringlichkeit zu verdeutlichen, doch die beiden fanden eine Lösung.

Das erste geplante Umgangswochenende stellte Silke schon zu Beginn der neuen Woche vor eine große Frage: Was wollte sie mit der freien Zeit am Wochenende anstellen? Von den spontanen Vereinbarungen mit Lars war sie daran gewöhnt, die Muße des Momentes auszukosten, also auf der Couch zu entspannen oder einen kurzen Spaziergang an der frischen Luft zu machen.

Doch nun konnte sie weit im Voraus planen, was sie am freien Wochenende tun wollte. Nach kurzer Recherche fand sie heraus, dass am Samstag eine neue Kunstausstellung in der Stadt eröffnen würde. Und so kaufte Silke einige Tage zuvor das Ticket, damit sie auch wirklich hinfahren würde. Sie ging in der Mittagssonne spazieren, trank einen großen Milchkaffee in der Altstadt und schaute sich anschließend die Ausstellung an. An diesem wunderschönen Tag erkannte Silke den Luxus, den sie als alleinerziehende Mutter fortan haben könnte, wenn sie mehr Planungssicherheit einforderte. Es war kein Egoismus, sondern die schönste Form von Selbstliebe.

An einem anderen Tag kam ihr eine überraschende Antwort auf die Frage, was sie am kommenden Wochenende tun wollte: Eislaufen.

Silke war verwundert darüber, dass ihr diese Idee nicht schon viel früher gekommen war. Vor vielen Jahren war sie eine passionierte Eiskunstläuferin, doch nach dem Rauswachsen aus ihrem Jugendsport war sie nicht mehr auf dem Eis.

Natürlich, Eislaufen!

Am Samstagmorgen betrat Silke die große Halle mit einer Mischung aus Vorfreude und Nervosität. Die riesige blaue Eisfläche war völlig leer, und diesen Geruch hatte sie seit mehr als einem Jahrzehnt nicht mehr eingeatmet. Mit zitternden Händen schnürte sie sich die Schlittschuhe an und stieß sich vorsichtig von der Bande ab, um das Gleichgewicht wiederzufinden. Zu ihrer eigenen Verwunderung trugen die Kufen sie schwerelos über das Eis, alles war leicht und unkompliziert.

Silke atmete tief ein und fuhr etwas schneller, doch noch immer glitt sie mühelos über die Oberfläche. Mit jeder neuen Runde wurde sie schneller und nach wenigen Minuten raste sie mit hoher Geschwindigkeit durch die Halle. Obwohl sie seit fünfzehn Jahren nicht mehr auf dem Eis war, gelangen ihr die einfachen Figuren und Pirouetten, ohne viel darüber nachzudenken.

Und so wirbelte Silke gedankenlos über die glatte Eisfläche und tanzte aus ihrem Gefühl heraus all das, was sie in ihrer Jugend gelernt hatte. Silke warf elegant ihre Arme nach außen und sprang mehrere Male in die Luft, denn sie wusste, dass sie danach wieder sicher auf zwei Beinen landen würde.

Durch die großen Fenster unter der Hallendecke fiel die Sonne in die Eishalle. Silke fuhr mit einem dankbaren Lächeln weiter, denn sie bemerkte mit klopfendem Herzen, dass der Frühling schon längst begonnen hatte.

Buchtipp zur Geschichte

Gut leben als Alleinerziehende: Schritt für Schritt Anleitung in dein selbstbestimmtes und gutes Leben.

Silke Wildner teilt in diesem Ratgeber mit, wie sie ihr Leben nach der Trennung selbst in die Hand genommen, entrümpelt und nach eigenen Vorstellungen und Werten gestaltet hat. Silkes Buch unterstützt Alleinerziehende dabei, die eigenen Gefühle und Gedanken zu verstehen, sich selbst wieder wahrzunehmen und sich gut zu fühlen. Es geht darum, das Leben neu zu strukturieren, um nach eigenen Wünschen & Vorstellungen selbstbestimmt zu leben. Mit einem großen Finanzteil und vielen praktischen Tipps erhält die Leserin Hilfe zur Selbsthilfe.

VIII

Die Frage nach dem Warum

«Der Hörtest war negativ, aber machen Sie sich keine Sorgen. Manchmal befindet sich noch Fruchtwasser im Gehörgang.»

«Bedeutet das, dass mein Baby nicht hören kann?», fragt Nina verunsichert, «und dass es bald von alleine wieder weggeht?»

«Wir sprechen nur vom linken Ohr», antwortet die Ärztin, «und wir gehen nicht davon aus, dass Josephine eine Hörschädigung hat. Das war ein reiner Routinetest nach der Geburt, da führt das Fruchtwasser häufig zu einem falschen Ergebnis.»

Nina hält das Baby behutsam in ihren Armen und drückt ihre Wange an das warme Köpfchen. Damian sitzt neben ihr und greift nach ihrer Hand.

«Siehst du, Schatz? Es liegt am Fruchtwasser. Ich habe auch gesehen, dass die Kleine irgendwas im Ohr hatte.»

Josephine ist vor zwei Tagen auf natürliche Weise auf die Welt gekommen und die Geburt verlief ohne größere Komplikationen. Nina konnte schreien, weinen und brüllen, aber Damian ließ sich einfach nicht aus der Ruhe bringen. Seit der ersten Wehe strahlte er Ruhe, Gelassenheit und Optimismus aus, sogar in den schwierigsten Momenten im Kreißsaal.

«Gut, wenn du meinst», murmelt Nina, «aber der Hörtest wurde mit verschiedenen Geräten gemacht, und jedes einzelne Gerät hat angezeigt, dass sich im linken Ohr nichts tut.»

Sie schaut ihre kleine Tochter an und hält den Augenkontakt für eine Weile. Geduldig folgt sie den langsamen

Bewegungen und beobachtet die kaum sichtbaren Änderungen in der Mimik.

«Warten wir erstmal ab», sagt die Ärztin optimistisch. «Sie fahren jetzt mit dem Baby nach Hause. Das Stillen hat doch schon prima geklappt, oder? Wir wiederholen den Hörtest in ein paar Tagen. Ich schaue mal, wann wir den nächsten Termin einrichten können.»

Nina drückt Josephine fest an ihr Herz, dann verlässt sie mit leisen Schritten den Behandlungsraum.

«Damian, kümmerst du dich um den Termin?», sagt sie beim Hinausgehen, «ich pack' schonmal meine Sachen.»

Mit einem flauen Gefühl im Magen geht Nina über den langen Flur zurück in ihr Zimmer. Sie gibt Josephine einen Kuss auf die Stirn und legt sie behutsam in das Beistellbett.

Nina beginnt damit, die wenigen Kleidungsstücke und persönlichen Gegenstände, die sie für die Geburt mitgenommen hat, in die Reisetasche zu packen. Dabei entdeckt sie einen rosafarbenen Erstlings-Strampler, den sie nach der Geburt ganz vergessen hat.

Mit der Fingerkuppe fährt Nina über die rosafarbenen Buchstaben, die am linken Ärmelchen eingestickt sind.

J-o-s-e-p-h-i-n-e.

Das Mädchen hätte ohnehin nicht reingepasst, denkt sie, weil sie noch viel zu klein und zierlich für die Standardgröße ist.

Nina setzt sich auf die Bettkante und beobachtet ihre Tochter eine Weile, dann packt sie den Strampler zurück in die Reisetasche.

«Beim Stillen willst du lieber meine rechte Brust», flüstert sie Josephine zu, «und dabei zeigt dein rechtes Ohr nach oben. Da stimmt doch was nicht mit deinem linken Ohr.»

In Gedanken schweift Nina zurück in die Vergangenheit. Weder in ihrer eigenen Verwandtschaft noch in der Familie von Damian gibt es Hörstörungen, geschweige denn andere körperliche Behinderungen.

Gab es irgendwelche Anzeichen während der Schwangerschaft? Hat ihre Gynäkologin etwas Ungewöhnliches entdeckt?

In den letzten Monaten sagte Nina zwar immerzu die lockeren Worte «Hauptsache mein Baby ist gesund», aber dass tatsächlich etwas nicht stimmen könnte, damit hatte sie nicht gerechnet.

Warum sollte es auch gerade sie treffen? In ihrem Freundeskreis sind die meisten Paare bereits Eltern geworden, und jedes Baby ist putzmunter auf die Welt gekommen. Zudem verlief ihre Schwangerschaft überaus angenehm, ohne Rückenschmerzen, Übelkeit oder Krämpfe. Nur einmal ist sie gestolpert und auf den Bauch gefallen, aber im Krankenhaus sagten die Ärzte, dass alles in Ordnung sei.

Nein, es wäre Nina niemals in den Sinn gekommen, dass nach der Geburt tatsächlich ein Problem aufkommt – bis zum heutigen Morgen, als ihrem Baby kurz vor der Entlassung ruckzuck ein Stöpsel ins Ohr gesteckt wurde.

«Kommen Sie, wir machen eben schnell den Hörtest», rief die Krankenschwester über den Flur.

Nina und Damian wurden zwar im Voraus darüber informiert, dass nach der Geburt gesundheitliche Checkups stattfinden würden, aber mit einer solchen Hektik hatten sie nicht gerechnet.

Während der Untersuchung beschwerte sich die Krankenschwester immerzu, dass das Baby nun endlich still liegen und schlafen müsse, aber Josephine spürte die Aufregung im Raum. Sie fühlte sich nicht wohl und wehrte sich anfangs gegen den Test. Ebenso war es eine unangenehme Situation für die frischgebackenen Eltern, denn sie fühlten sich nach der langen Geburt etwas überrumpelt und vor den Kopf gestoßen.

Und dann kam das erste Testergebnis: negativ.

Die Krankenschwester wechselte mehrmals das Gerät und nahm sich für die darauffolgenden Tests mehr Zeit, doch das Ergebnis blieb durchgehend negativ. Die feinen Haarzellen in der Hörschnecke gaben keine Schwingungen zurück, das Tonsignal blieb aus.

«Schatz, ist alles in Ordnung?»

Plötzlich steht Damian im Türrahmen und hält einige Dokumente in der Hand.

«Pssssst.»

Nina deutet auf das schlafende Baby und legt ihren Zeigefinger auf die Lippen. Damian hilft ihr stillschweigend dabei, das Zimmer aufzuräumen und die Babyschale für die Abreise vorzubereiten.

«Damian», flüstert sie, «hast du den Termin für den nächsten Hörtest gemacht?»

Er nickt und schleicht behutsam zum Bettchen.

«Josephine, mein Engel», flüstert er, «gleich siehst du dein neues Zuhause.»

Als die kleine Familie das Krankenhaus verlässt, trägt Damian den Maxi-Cosi mit höchster Vorsicht über den Parkplatz und stellt ihn behutsam neben Nina auf die Rückbank. Die ersten Meter fährt er so langsam, dass sich das Auto kaum von der Stelle wegbewegt. Jede kleinste Unebenheit auf der Straße wird zur Herausforderung.

«Damian, die Kleine ist doch angeschnallt», sagt Nina mit einem nervösen Lachen.

«Ich weiß, aber ich möchte ihr jetzt kein unnötiges Geholpere zumuten.»

Beide haben großen Respekt davor, mit dem Baby alleine zuhause zu sein, ohne Hebammen oder Ärzte, die im Notfall eingreifen können.

Obwohl die Strecke vom Krankenhaus bis zur Wohnung nur zwanzig Minuten dauert, kommt es Nina wie eine Ewigkeit vor. Als sie in ihren Gedanken versinkt, wird ihr bewusst, dass sie sich die Entlassung aus dem Krankenhaus irgendwie anders vorgestellt hat. Nina fühlt nicht die unbändige Freude und Dankbarkeit, nein, es kommt ihr eher vor, als läge ein dunkler Schleier über dem Auto.

Zwischen dem Elternpaar schwebt eine sonderbare Mischung aus Hoffnung, Beunruhigung und Unsicherheit, obwohl beide dachten, dass mit der Geburt die größte Herausforderung hinter ihnen liegen würde. Nina schwirren unzählige Fragen durch den Kopf, und all diese Fragen hinterlassen ein dumpfes Gefühl, auf das sie in keinster Weise vorbereitet war.

Wieso haben mehrere Geräte hintereinander ein negatives Testergebnis angezeigt?

Liegt es wirklich am Fruchtwasser im Gehörgang?

Haben wir möglicherweise ein taubes Kind?

In den nächsten Wochen kehren Nina und Damian regelmäßig ins Krankenhaus zurück, um den Hörtest zu wiederholen, doch von November bis Januar bleibt das Ergebnis durchgehend negativ.

«Aber das macht doch keinen Sinn», sagt Nina nach einem weiteren fehlgeschlagenen Versuch.

«Letztes Mal meinte der Stationsarzt, dass der nächste Test bestimmt positiv ausfällt».

Die junge Ärztin schaut sie mitfühlend an und setzt sich zu ihr.

«Ja, ich weiß, Frau Luttner. In den ersten Wochen ist häufig Wasser im Gehörgang, das meinte mein Kollege wohl damit. Aber langsam müssen wir auch andere Möglichkeiten in Betracht ziehen. Es kann durchaus sein, dass ihr Baby auf dem linken Ohr wirklich nichts hören kann.»

Nun schießen Nina die Tränen in die Augen, und auch Damian reibt seine Handflächen nervös an den Oberschenkeln.

«Meinen Sie damit, dass unser Baby taub ist?»

«Nein, machen Sie sich erstmal keine Sorgen. Vor der finalen Diagnose stehen noch viele Untersuchungen an.

Und selbst wenn es so sein sollte, gibt es heutzutage viele Wege, um eine Hörschädigung zu behandeln. Ein Cochlea-Implantat zum Beispiel.»

«Ein Cochlea-Implantat? Aber ich habe gelesen, dass der Schädel dafür aufgeschnitten wird», entgegnet Nina schockiert.

«Natürlich können Sie im Ernstfall selbst entscheiden, wie Sie vorgehen möchten. Ich gebe Ihnen gerne die Nummer von einem Spezialisten für Hörschädigungen, dann können Sie eine weitere Meinung einholen.»

***

«Also, Sie müssen wirklich nicht bei jedem Schnupfen zu mir kommen, nur weil Ihr Kind taub ist.»

Nina blickt den Kinderarzt mit großen Augen an und möchte etwas auf diese unverschämte Aussage entgegnen, aber sie traut sich nicht.

«Wie alt ist Ihre Tochter?»

«Drei Monate... ähm, ich glaube aber nicht, dass sie nur einen Schnupfen hat», antwortet Nina zögerlich.

«Glauben Sie mir, ich bin seit fünfunddreißig Jahren Kinderarzt, und eines kann ich Ihnen versichern: Ihre Tochter hat eine Erkältung.»

«Ich mache mir wirklich Sorgen. Ihre Haut fühlt sich irgendwie anders an, und sie hat einige Symptome von diesem RS-Virus.»

«Das sieht mir nicht danach aus. Heute ist Mittwoch, oder? Wenn es nächste Woche nicht besser wird, dann kommen Sie nochmal in die Praxis.»

Nach der Empfehlung ihrer besten Freundin, die als Krankenschwester arbeitet, ging Nina davon aus, dass dieser Kinderarzt die beste Wahl für Josephine ist. Von den Müttern in der Gegend wird der ältere Herr wegen seiner direkten Art entweder geliebt oder gänzlich gemieden.

Nina hatte die leise Hoffnung, dass er ein wahres Genie ist und einfach nur eine raue Schale hat.

«Na gut... dann melde ich mich nächste Woche nochmal bei Ihnen.»

Mit einem schlechten Gefühl verlässt Nina die Arztpraxis und fährt zurück nach Hause. Sie sucht Trost bei ihrem Ehemann und bei ihrer Mutter, doch beide versichern ihr, dass sie der Diagnose des Kinderarztes vertrauen könne.

Im Laufe der Woche verschlechtert sich Josephines Zustand mit jedem weiteren Tagesanbruch, und am frühen Samstagmorgen gleicht ihre Hautfarbe nur noch einem fahlen Grau. Das Baby atmet schnell und scheint keinen gesunden Wasserhaushalt mehr zu haben. Wenn Nina die ansonsten so weiche Babyhaut zusammendrückt, fühlt sie sich trocken und hart an.

Nina und Damian entscheiden sich am Samstagnachmittag dazu, ihre Tochter im Krankenhaus untersuchen zu lassen. Sie wollen lieber einmal zu vorsichtig sein, als hinterher etwas zu bereuen.

Im Krankenhaus geht alles ganz schnell, denn nach einer kurzen Untersuchung und einem Urintest wird Josephine in die Notfallambulanz verwiesen.

«Ich habe doch gewusst, dass es keine Erkältung ist, dieser dämliche Kinderarzt», sagt Nina verärgert, obwohl die Angst schon ihre Kehle hochklettert.

In der Notfallambulanz wartet eine harte Prüfung auf das Elternpaar: Bei Josephine muss ein äußerst unangenehmer Abstrich der Nasenschleimhaut gemacht werden. Der behandelnde Arzt klärt die beiden darüber auf, dass ein Metallgerät in die Nase geführt wird, um eine Flüssigkeit durchzuschießen – und jemand muss das Baby bei diesem schmerzhaften Prozedere festhalten.

«Aber die Kleine weiß doch nicht, dass wir ihr nur helfen wollen», sagt Nina traurig.

Mit feuchten Augen blickt sie ihre Tochter an, die kaum drei Monate alt ist, und spürt bei diesem Anblick, wie ihre Kräfte sie verlassen. Josephine bedeutet ihr so viel, dass sie nicht dabei zusehen kann, wie ihr solche Schmerzen zugefügt werden.

«Kein Problem, Schatz, ich mach' das. Du bleibst hier.»

Damian nimmt seine Frau in den Arm und führt sie nach vorne in den Warteraum zurück. Er küsst ihre Stirn und wendet sich dann an die Krankenschwester:

«Sie passen gut auf meine Tochter auf, ja?»

Die Krankenschwester nickt und bringt Damian in den Behandlungsraum.

«Wir wären dann soweit.»

Die Tür schließt sich.

Von außen hört Nina nur die mechanischen Bewegungen der Apparatur, begleitet von einem schrillen Aufschrei des kleinen Mädchens.

Nach einigen Stunden stellt sich heraus, dass Nina mit ihrem Bauchgefühl in der Kinderarztpraxis richtig lag. Josephine hat eine RSV-Infektion und muss stationär im Krankenhaus bleiben. Die RS-Viren verursachen schwere Infektionen in ihrem Körper, die Kleine hat Schnupfen, Fieber, Husten und Atembeschwerden. Ihr körperlicher Zustand verschlechtert sich mit jeder Stunde, und schon nach kurzer Zeit muss sie mit Schläuchen künstlich beatmet werden.

Nina weicht ihr nicht mehr von der Seite und begleitet sie bei allen Inhalationen, Cortison-Spritzen, Sauerstoffgaben und Schmerzmitteln. In den darauffolgenden Tagen kann Nina nicht mehr an ihren eigenen Schlaf oder an Mahlzeiten denken, alles dreht sich um das kranke Baby. Es sind die schlimmsten Tage ihres Lebens, denn jeden Morgen wacht sie mit der horrenden Angst auf, dass ihr Baby diesen Tag nicht überleben könnte.

Im Dauerstress fängt sich Nina auch noch eine Bronchitis ein und verliert enorm an Gewicht, nach einer Woche sind es knapp fünf Kilogramm. Mit dem Gewichtsverlust schwindet auch die stärkende Muttermilch, was zu einem weiteren Gewichtsverlust des Säuglings führt. Es ist eine nicht endende Abwärtsspirale: Jedes Mal, wenn Nina an ihre körperlichen und geistigen Grenzen stößt, wirft sie das Leben nochmal mit einem kräftigen Schub darüber hinaus. Und diese emotionale Achterbahnfahrt geschieht ganz unabhängig davon, dass Josephine auf dem linken Ohr noch immer nichts hören kann.

Nach der siebten Nacht im Krankenhaus ist endlich Besserung in Sicht. Nina wartet während einer Untersuchung ungeduldig vor dem Behandlungsraum, dann geht sie im Flur auf und ab. Am Ende des Ganges bleibt sie erschöpft stehen und versinkt in ihren Gedanken.

Plötzlich fällt ihr Blick auf eine Pinnwand an der gegenüberliegenden Wand, und ihre Augen wandern über ein großes Plakat, auf dem ganz oben in geschwungenen Großbuchstaben die Frage steht:

Warum ausgerechnet ich?

Interessiert tritt Nina näher an die Pinnwand heran und liest den Text in Flüsterstimme vor:

«Warum ausgerechnet ich? Warum habe ich ein Kind auf die Welt gebracht, das nicht gesund ist? Warum hat dieses Schicksal ausgerechnet mich getroffen?»

Bei der letzten Frage kullert Nina eine heiße Träne über die Wange, während sich in ihrem Hals ein schwerer Kloß formt.

In den vergangenen Monaten suchte Nina häufiger nach dem «Warum», nicht nur in ihrem eigenen Familienkreis, sondern auch in der Verwandtschaft ihres Mannes. Nina wollte niemanden beschuldigen, sondern einfach nur für sich die Frage beantworten, woher die Taubheit kommt. Bislang hat sie keine Antworten darauf gefunden, und so wandern ihre Augen weiter über die geschwungenen Buchstaben des Plakates:

Warum ausgerechnet ich?
Warum habe ich ein Kind auf die Welt gebracht,
das nicht gesund ist?
Warum hat dieses Schicksal ausgerechnet mich getroffen?

Weil ich in der Lage dazu bin, dieses Kind großzuziehen.
Weil ich die nötige Geduld, das Durchhaltevermögen
und die bedingungslose Liebe in mir trage,
um diesem Kind ein schönes Leben zu ermöglichen.
Weil ich für dieses Kind eine starke Mutter sein werde.

***

«Ist es wirklich notwendig, dass Josephines Hand so verbogen wird?», fragt Nina und schaut die Arzthelferin an.

«Das tut ihr bestimmt weh, oder?»

Nina kneift ihre Augen zusammen und kann bei der Blutabnahme nicht länger zusehen. Josephine ist mittlerweile sieben Monate alt und musste in den letzten Wochen mehrmals zum Kinderarzt, weil sie hohes Fieber hatte. Bei diesem Arztbesuch kommen noch geschwollene Lymphknoten und eine heftige Erkältung dazu.

«Ja, Frau Luttner, das muss leider sein. Sonst kann ich die Adern auf der Handoberfläche nicht sehen», antwortet die Arzthelferin.

Als sie endlich eine Vene auf der zarten Kinderhand trifft, schreit das Mädchen laut auf.

«Josephine!», ruft Nina schockiert und presst sich die Hand auf den Mund.

Nina fühlt sich schuldig, weil sie ihrer Tochter wieder einmal Schmerzen zumuten muss, ohne ihr die Gründe dafür erklären zu können. Sie starrt auf das aufsteigende Blut in der Ampulle, während sich ihr Magen zusammenzieht. Nach einem kurzen Moment zieht die Arzthelferin die Nadel ab und beschriftet die Blutprobe.

«So, geschafft! Bitte warten Sie mit dem Baby draußen, einmal rechts um die Ecke. Ich komme gleich zu Ihnen.»

Nina nimmt das weinende Mädchen an sich und verlässt mit klopfendem Herzen den Raum.

«Mausi, das tat bestimmt weh», flüstert sie.

Einige Minuten vergehen, dann kommt eine andere Arzthelferin auf sie zu.

«Sie sind Frau Luttner, richtig? Wir schicken Josephines Blutprobe ins Labor, die Werte sind etwas ungewöhnlich. Bei den weißen Blutkörperchen gibt es eine Abweichung.»

Nina schaut sie fragend an und wartet auf eine weitere Erklärung.

«Was bedeutet das?»

«Das sollten wir auf jeden Fall untersuchen. Wie gesagt, die Blutprobe geht weiter ins Labor. Das könnte ein Hinweis auf Leukämie sein, muss aber nicht.»

Nina ist vollkommen perplex.

«Moment, was haben Sie gerade gesagt? Leukämie? Das war doch bislang gar kein Thema bei uns.»

«Nein, nein, Frau Luttner. Wir schicken die Blutprobe ins Labor und in ein paar Wochen wissen wir mehr.»

«Ein paar Wochen?»

Vollkommen ratlos trägt Nina ihre kleine Tochter zur Garderobe, dann greift sie nach ihrer Jacke und verlässt mit langsamen Schritten die Praxis. Es fühlt sich an, als wäre sie in eine Schockstarre verfallen.

Wir wissen noch nichtmal, was mit ihrem linken Ohr nicht stimmt.

Und jetzt auch noch Leukämie? Was kommt als nächstes?

Draußen wartet Ninas Mutter freudig auf ihr Enkelkind. Sie streckt lachend ihre Arme nach dem Baby aus, aber bemerkt sofort, dass etwas nicht stimmt.

«Nina, ist alles in Ordnung? Ist das Fieber wieder gestiegen?»

«Nein», antwortet Nina mit weinerlicher Stimme, «Josephine hat zu viele weiße Blutkörperchen...»

Eine schwarze Trauer steigt in ihr auf, von der Magengegend bis in den Hals hinein, und dann realisiert Nina nochmals, was gerade geschehen ist.

«Was ist denn los?», bohrt ihre Mutter nach.

«Die Arzthelferin hat gesagt, dass Josephine Leukämie haben könnte.»

In diesem Moment bricht Nina in Tränen aus und fängt bitterlich an zu weinen. Sie kann die aufbrodelnden Emotionen nicht länger zurückhalten und ist nun wirklich am Ende ihrer Kräfte angelangt.

«Es ging um weiße Blutkörperchen und dann fiel das Wort 'Leukämie'.»

«Wegen der Blutprobe von heute? Und wann erfährst du mehr?»

«Keine Ahnung! Mir wurde gesagt, dass das Ergebnis in ein paar Wochen kommt.»

Die Augen ihrer Mutter überziehen sich mit einem glasigen Schleier, dann nimmt sie eine aufrechte Haltung ein.

«Nein, Nina, wir gehen jetzt nochmal zusammen rein und klären das.»

Mit hastigen Schritten eilen die beiden Frauen zurück in die Praxis. Nina wischt sich an der Rezeption die Tränen aus dem Gesicht und fängt leise an zu sprechen, doch bei jedem neuen Erklärungsversuch bricht sie wieder in Tränen aus.

«Entschuldigung, haben Sie meiner Tochter gesagt, dass bei meinem Enkelkind der Verdacht auf Leukämie besteht?»

«Ach nein, das hat Frau Luttner falsch verstanden. Ich sagte, dass es nicht unbedingt Leukämie sein muss.»

«Sind Sie noch bei Sinnen, meine Tochter hier mit solchen Aussagen rauszuschicken? Wie hoch ist denn überhaupt die Wahrscheinlichkeit?»

«Ich will jetzt einen Arzt sprechen», wirft Nina ein.

«Tut mir leid, Frau Luttner, aber das geht gerade nicht.»

Nina holt noch einmal tief Luft.

«Ich warte bestimmt nicht wochenlang auf den nächsten Termin. Dann bleibe ich eben bis Mitternacht im Wartezimmer sitzen.»

«Wir können Sie nicht einfach reinschieben. Es tut mir leid, aber es gibt andere Patienten, die auch wichtig sind.»

Im Gang rauscht eine Ärztin vorbei, die beim Vorbeigehen die geröteten Augen von Nina bemerkt.

«Gibt es hier ein Problem?»

«Mir wurde gerade gesagt, dass mein Baby Leukämie haben könnte», entgegnet Nina, «und dass ich jetzt mehrere Wochen warten soll.»

«Ist in Ordnung, ich übernehme das. Nehmen Sie bitte da drüben kurz Platz.»

Die Ärztin verschwindet für einige Minuten und führt Nina anschließend in ein Sprechzimmer.

«So, Frau Luttner, ich habe mir Ihre Akte angesehen. Es tut mir leid, dass nach der Blutabnahme überhaupt das Wort 'Leukämie' gefallen ist. Ich werde mit der Kollegin sprechen, das darf nicht passieren. Es gibt tausend mögliche Gründe für Josephines Blutwerte, zum Beispiel die ganzen Entzündungen. Da kann der Wert schonmal in die Höhe schießen.»

«Wirklich?», fragt Nina.

Die Ärztin steht von ihrem Stuhl auf und kniet sich herunter zu Josephine, um ihr über den Kopf zu streicheln.

«Ja, das Baby hat momentan eine starke Erkältung und Fieber. Das kann schon der Grund dafür sein. Beobachten Sie die Kleine in den nächsten Tagen, aber ich gehe davon aus, dass es zum Wochenende besser wird.»

Es war keine Leukämie.

Obwohl es nur die flüchtige Bemerkung einer Arzthelferin war, die sich glücklicherweise als falsch erweisen sollte, bleibt dieser Schock noch lange in Ninas Erinnerung.

Es sind genau diese kleinen, aber nervenzermürbenden

Momente, die ihr Leben so schwer machen. Seit der Geburt verbringt sie einen Großteil ihrer Zeit in Arztpraxen, Krankenhäusern und Spezialkliniken. Die Ungewissheit darüber, ob Josephine tatsächlich auf dem linken Ohr taub ist, wird davon begleitet, dass das Kind extrem anfällig für Krankheiten und Infektionen ist.

Immer ist irgendwas.

Seit der Geburt gab es keine ruhige Phase, in der Mutter und Tochter über Wochen hinweg einfach nur zuhause waren. Den gewöhnlichen Mama-Alltag mit wiederkehrenden Ritualen wie Stillen, Wickeln, Füttern, Kuscheln, Dösen und Schlafen durfte Nina noch nicht kennenlernen.

Dennoch muss sie mit Problemen fertigwerden, die auch andere Mütter in die schiere Verzweiflung treiben: Müdigkeit, Stress, schlechte Haut, entzündete Brustwarzen, Unordnung und rasant wachsende To-Do-Listen.

Jedes Mal, wenn alles auf einmal kommt, schwebt Nina wieder die altbekannte Frage durch den Kopf:

«Warum ausgerechnet ich?»

In diesen Momenten erinnert sie sich an die Pinnwand im Krankenhaus und beißt noch einmal die Zähne fest zusammen.

Weil ich in der Lage dazu bin, dieses Kind großzuziehen.
Weil ich die nötige Geduld, das Durchhaltevermögen
und die bedingungslose Liebe in mir trage,

um diesem Kind ein schönes Leben zu ermöglichen.
Weil ich für dieses Kind eine starke Mutter sein werde.

***

«Können Sie nochmal zusammenfassen, was bei der Abschlussuntersuchung gemacht wird?», fragt Damian.

«Natürlich. Wir werden die Ströme im linken Ohr messen und die Hörschnecke genauer untersuchen. Es könnte sein, dass es in der Hörschnecke keine Sinneshärchen gibt, das prüfen wir dann.»

«Ist der Eingriff gefährlich?», fragt Nina vorsichtig.

Josephine ist in ein Tragetuch eingewickelt und schläft an ihrer Brust. Die Kleine ist gerade ein Jahr alt geworden.

«Natürlich gibt es immer ein gewisses Risiko bei einer Vollnarkose», antwortet die Ärztin, «aber Josephine muss für die Untersuchung vollkommen still liegen. Nur so können wir prüfen, ob es Sinneshärchen gibt und – wenn ja – ob sich diese Härchen bewegen. Die Messung funktioniert sonst nicht.»

Nina schaut in das Gesicht ihrer kleinen Tochter und drückt sie schützend an sich.

«Gut. Danach haben wir hoffentlich Klarheit.»

Die Ärztin lehnt sich nach vorne und legt einige Papiere auf den Tisch.

«Bitte schauen Sie zuhause diese Dokumente durch, das

müssen Sie vor dem Eingriff noch unterschreiben. Nehmen Sie sich Zeit, da steht alles drin. Also, dass wir Josephine für die Elektroden die Haare abrasieren, und so weiter.»

Nina nimmt die Papiere an sich und überfliegt flüchtig einzelne Textabschnitte.

«Hmm, warum steht denn da etwas von Röhrchen?»

«Das hatten wir beim letzten Termin schon besprochen, oder? Falls wir während des Eingriffes feststellen, dass sich Wasser hinter dem Trommelfell angesammelt hat, machen wir einen kleinen Schnitt. Durch diesen Schnitt werden kleine Röhrchen in das Mittelohr geschoben.»

«Und das kann man erst während der OP feststellen?»

Die Ärztin lehnt sich in ihrem Stuhl zurück und schaut auf ihre Armbanduhr.

«Ja, und ich brauche Ihr Einverständnis, damit wir diesen Schnitt machen dürfen.»

Nina kräuselt die Stirn. Wieder einmal fühlt sie sich überrumpelt und nicht ausreichend aufgeklärt, aber sie beißt die Zähne zusammen und nickt der Ärztin zu.

Drei Wochen später findet die Abschlussuntersuchung in einem Spezialkrankenhaus in Hannover statt. Josephine wandert zwar durch viele Arzthände und ist großem Stress ausgesetzt, aber alles verläuft ohne Komplikationen.

Und dann kommt endlich die Diagnose: Wie bereits vermutet hat Josephine in der linken Hörschnecke keine Sinneshärchen. Nina und Damian wissen nun endgültig, dass ihre Tochter auf dem linken Ohr taub ist.

Das Elternpaar ist erleichtert über die Diagnose, denn diese eindeutige Gewissheit läutet einen neuen Lebensabschnitt ein, fernab von schmerzhaften Untersuchungen und furchterregenden Apparaturen.

Nina und Damian müssen nur noch eine letzte große Entscheidung für ihre Tochter treffen: Soll Josephine ein Cochlea-Implantat bekommen oder nicht?

Für sich selbst eine gesundheitliche Entscheidung zu treffen ist eine Sache, aber einem kleinen Menschen die Wahl vorwegzunehmen, eine ganz andere.

Operation – ja oder nein?

Wenn ein Baby auf beiden Ohren taub ist, entscheiden sich die meisten Eltern für das Einsetzen eines Cochlea-Implantats, damit das Kind die Töne um sich herum wahrnehmen kann. Doch Josephine ist ein Ausnahmefall, denn sie hört auf ihrem rechten Ohr alles klar und deutlich. Mit ihrer einseitigen Taubheit wird Josephine schon bald einwandfrei sprechen, kommunizieren, lachen, singen und spielen können, und ein ganz normales Leben führen. Zudem würde der Eingriff eine weitere riskante Operation darstellen, denn die Ärzte müssten einen Teil von Josephines Schädel entfernen.

Nach langer Abwägung entscheiden sich Nina und Damian gegen das Implantat. Sie setzen darauf, dass sich die Technik kontinuierlich weiterentwickelt und wollen Josephine später selbst darüber entscheiden lassen.

Und damit wird die Frage nach dem «Warum» etwas leiser, aber sie ist noch nicht ganz verstummt: Warum ist Josephine auf dem linken Ohr taub? Woher kommt die

Taubheit? Was sind die tieferliegenden Ursachen?

Schon kurze Zeit später findet das Elternpaar auch darauf eine Antwort. Obwohl beide etwas anderes erwartet haben, sind es die berührenden Worte einer Human-Genetikerin, die das Kapitel endgültig abschließen:

«Wir haben in den Genen ihrer Tochter keinen eindeutigen Hinweis gefunden. Meine Kollegen und ich können noch weitere Tests einleiten und intensiver nachforschen, wenn Sie möchten. Das dauert zwar etwas, aber dann werden wir die Ursache vermutlich irgendwann herausfinden. Aber wollen Sie wissen, was ich wirklich denke? Schauen Sie doch mal in den Spiegel: Sie haben ein bildschönes Mädchen, das Ihnen beiden aus dem Gesicht geschnitten ist. Josephine kann zwar auf einem Ohr nicht hören, aber sie hat ein tolles Leben vor sich. Ich denke, dass es einfach nur eine Laune der Natur war. Ihre Tochter entwickelt sich wunderbar.»

***

«Mama ist da!», ruft Josephine freudig.

Nina hastet mit schnellen Schritten in die Kita und ist erleichtert darüber, dass neben Josephine noch andere Kinder sitzen und auf ihre Eltern warten.

«Mausi», ruft Nina strahlend und drückt das Mädchen an sich.

«Oh, Frau Luttner! Haben Sie kurz Zeit?»

Die Wiedersehensfreude zwischen Mutter und Tochter währt nur einen kurzen Moment, denn im Türrahmen steht eine Heilpädagogin, die Nina momentan das Leben schwer macht.

«Maus, ich komme gleich. Malst du dein Bild zu Ende?»

Nina folgt der Pädagogin durch den langen Flur in ein kleines Büro.

«Was ist denn los?», fragt Nina freundlich.

«Wir müssen über ihre Tochter sprechen. Sie ist jetzt zwei Jahre alt, oder? Wenn ich ihr eine Frage stelle, kriegt sie den Mund einfach nicht auf, und allgemein ist sie ziemlich ängstlich.»

Nina kräuselt ihre Augenbrauen. Jeden Freitag, wenn die Pädagogin im Haus ist, muss sie sich all die Dinge anhören, die Josephine noch nicht kann.

«Was meinen Sie damit?», fragt Nina und wahrt ein neutrales Lächeln, obwohl sie sich zurückhalten muss.

«Heute zum Beispiel: Unsere Papageien-Gruppe hatte Spielstunde in der Turnhalle, aber Josephine war mal wieder total zurückhaltend. Alle anderen Kinder sind mit Elan in die Turnhalle gerannt.»

«Und Josephine nicht?»

«Nein, sie hat sich erstmal alles angeguckt. Es kommt mir vor, als ob sie Angst vor neuen Situationen hat. Daran müssen Sie arbeiten, Frau Luttner!»

«Wollen Sie mir sagen, dass es ein Problem gibt, weil Josephine nicht mit Elan in die Turnhalle rennt?»

«Unter anderem, ja.»

Nina gibt einen betont langen Seufzer von sich.

«Wissen Sie was? Ich bin ihre Mutter und ich bin auch so gestrickt. Als Kind war ich auch ziemlich schüchtern. Na und? Nicht jeder Mensch steht gerne im Mittelpunkt. Ich schaue mir auch erstmal alles in Ruhe an.»

«Ich sage Ihnen nur, wo die Baustellen liegen.»

«Ach ja? Sie haben mich vor zwei Wochen zum Kinderarzt geschickt, wegen dieser Entwicklungsstörung. Wissen Sie, was dabei rausgekommen ist?»

«Nein, was denn?»

«Der Arzt hat gesagt, dass alles vollkommen in Ordnung ist und dass sie sich ganz normal entwickelt. Er meinte auch, dass die Kita nicht immer nach irgendwelchen Problemen suchen soll, nur weil sie auf einem Ohr taub ist.»

Die Betreuerin stockt einen Moment, dann setzt sie sich aufrecht hin und räuspert sich.

«Sie müssen aber auch nicht alles glauben, was der Kinderarzt sagt.»

«Mir reicht es so langsam. Jeden Freitag holen Sie mich in die Sprechstunde und dann erzählen Sie mir, was Josephine alles noch nicht kann. Ich weiß, dass mit ihr alles in Ordnung ist, weil zuhause auch alles ohne Probleme klappt. Josephine kriegt solche Botschaften doch auch mit: Du bist falsch, wie du bist. Du bist nicht so wie die anderen Kinder.»

«Nein, das habe ich nicht gesagt.»

«Doch, und das macht mir als Mutter zu schaffen.»

Nina merkt, wie ihre Stimme dünner wird, aber dann reißt sie sich zusammen.

«Ich habe echt genug davon, mich immer von Ihnen

runtermachen zu lassen. Wegen dem linken Ohr hat Josephine manchmal Probleme mit dem Richtungshören, na gut, aber das war auch schon alles! Sobald die Kleine etwas Vertrauen gefasst hat, blüht sie richtig auf. Es gibt eben Kinder, die mehr Zeit brauchen.»

Nina greift ihre Handtasche und geht zur Tür hinaus, während die Heilpädagogin perplex in ihrem Sessel sitzenbleibt.

«Mama, Wochenende!», ruft Josephine durch den Flur.

«Ja, Mausi», ruft Nina zurück, «wir fahren jetzt nach Hause zu Papa.»

Nina greift nach Josephines Hand und bemerkt, wie sich ein zufriedenes Lächeln in ihrem Gesicht ausbreitet.

Wen schert es auch, was diese Betreuerin von ihr denkt? Man muss nicht immer von allen gemocht werden, und als starke Mutter darf man auch mal wütend auf den Tisch hauen, ohne den Hauch eines schlechten Gewissens zu verspüren. Als Mutter muss Nina andauernd eigene Entscheidungen treffen, und mit jeder Entscheidung findet sie garantiert jemanden, der sie dafür verurteilt. Deswegen bleibt ihr nur eines übrig: einfach auf das eigene Herz hören, ganz egal, was andere sagen.

***

«Ach wie niedlich! Ist das Ihre Tochter?»

«Genau, da, auf dem großen schwarzen Pferd.»

Im gleichen Moment trabt Josephine vorbei und drückt beide Zügel in die rechte Hand, um zu winken. Unter der Reitkappe blitzen ihr fein geschnittenes Gesicht und einige blonde Locken hervor. An der nächsten Ecke nimmt sie die Zügel wieder auf, um in den Galopp zu übergehen.

«Ich überlege, meinen Sohn auch zum Reitunterricht anzumelden», entgegnet die fremde Frau, «hat Ihre Tochter keine Angst vor den Pferden?»

«Nein, eher im Gegenteil», sagt Nina lächelnd, «ich muss sie oft daran erinnern, nicht hinter die Pferde zu gehen und mit den Hufen aufzupassen. Eigentlich bin ich der Angsthase von uns beiden, ich würde mich niemals in den Sattel setzen.»

Die beiden Frauen lachen miteinander und richten ihren Blick dann wieder auf die trabenden und galoppierenden Pferde.

«Bringen Sie Ihren Sohn doch mal zum Probereiten vorbei», schlägt Nina vor, «Josephine liebt das Reiten hier, sie war letzten Monat sogar alleine in den Reiterferien.»

«Wirklich? Wie alt ist Ihre Tochter?»

«Sie ist dieses Jahr sechs geworden.»

Nina wartet einen kurzen Moment, ob die fremde Frau nachhakt, warum Josephine in der heilpädagogischen Reitstunde ist. Doch es bleibt angenehm still zwischen den beiden Frauen und Nina atmet auf.

Es gab schon zahlreiche Momente, in denen Nina einfach nur die Augen verdrehen konnte, vor allem, wenn die neugierigen Fragen mit einem skeptischen Beäugen ihrer Tochter einhergingen.

Oh, Ihr Kind ist taub? Woher kommt das?

Ist das angeboren?

Bleibt das für immer so?

Hört sie mit einem Ohr überhaupt etwas?

Als Außenstehender sieht man es Josephine nicht an, dass sie auf einem Ohr taub ist, weil sie kein Hörgerät trägt. Die Freundinnen des Mädchens wissen davon und sprechen bei Flüsterspielen einfach ins andere Ohr. Andere Kinder merken es anfangs gar nicht und machen danach keine große Sache mehr draus.

Im Laufe der Jahre haben Nina und Damian häufiger mit ihrer Tochter darüber gesprochen, was nach der Geburt passiert ist. In ihrem Zuhause herrscht eine offene und liebevolle Atmosphäre. Sie haben Josephine erzählt, dass sie dadurch viel besser riechen und schmecken kann als andere Kinder. Und tatsächlich: Das Mädchen riecht noch am Abend, dass Nina am Vormittag ein Stück Schokolade gegessen hat. Mit ihren sechs Jahren weiß Josephine auch schon, was ein Cochlea-Implantat ist, und dass sie sich eines Tages operieren lassen könnte.

«Los, Josephine», brüllt die Reitlehrerin über den Platz. «Setz' dich bei ihm jetzt durch! Zügel und Treiben, weiter! Lasse ihn nicht nach rechts ausscheren, wenn du nach links reiten willst.»

Nach einem kurzen Gerangel schert der große schwarze Wallach nach links aus und ergibt sich dem vehementen Treiben der Reiterin, dann trabt er artig weiter den Zaun entlang.

«Super, Maus», flüstert Nina.

Mit einem Mal erinnert sie sich an Josephines sechsten Geburtstag, als Mutter und Tochter alte Fotos durchsahen. Josephine fragte, warum sie als Baby viele Schläuche im Gesicht hatte, und so erzählte Nina ihr von der Vergangenheit. Sie zeigte ihrer Tochter, was für eine kleine Kämpferin sie damals war und wie mutig sie jede Untersuchung durchgestanden hat.

«Mama, warst du deswegen manchmal traurig? War das schlimm für dich?», fragte Josephine interessiert.

«Ja, mein Schatz, aber wir haben damals alles richtig gemacht, oder? Schau' doch mal, jetzt sind wir glücklich, gesund und zufrieden.»

Im alltäglichen Leben ist die Taubheit tatsächlich nur noch selten ein Thema. Gelegentlich hält Nina ihrer Tochter den Telefonhörer ans falsche Ohr, und dann erinnert Josephine sie in einem geduldigen Tonfall daran:

«Nein, Mamaaa... das andere Ohr!»

Diese Herausforderungen werden sie das ganze Leben lang begleiten, doch jede neue Situation schweißt Mutter und Tochter noch stärker zusammen.

Wenn eine Situation doch mal eskaliert, erinnert sich Nina an das Plakat mit den geschwungenen Worten, dann beißt sie die Zähne fest zusammen und macht weiter.

Und heute weiß sie, dass sie über all die Jahre hinweg tatsächlich das höchste Maß an Geduld, Durchhaltevermögen und bedingungsloser Liebe in sich trug. Es scheint, als hätte Josephine sie als Mama ausgewählt, um ein wunderschönes Leben zu haben.

Darum ausgerechnet Du, Nina.

IX

Hoch oben in den Bergen

«Willst du dich nicht langsam fertigmachen? Wir wollen gleich los!»

Lena wirft ihrem Freund einen auffordernden Blick zu, während sie auf dem Sessel sitzt und ihr Baby stillt.

«Ach was, der Kleine trinkt doch noch», antwortet Thorben, «und danach müssen wir ihn anziehen und unsere Sachen packen.»

«Das dauert alles maximal zwei Minuten», sagt Lena mit hochgezogenen Augenbrauen.

Als frischgebackene Mutter weiß sie, dass sie ihren Alltag bestmöglich durchplanen muss. Ansonsten ist der helllichte Tag irgendwann vorbei und sie fragt sich, wohin die Zeit entschwunden ist.

Mit einem Säugling auf dem Arm schafft Lena nicht allzu viel, aber mit ihrer neuen Routine gelingt zumindest der Übergang in den Mittagsschlaf ohne Tränen. Nach einer gemütlichen Stillrunde kommt das Baby direkt von der Brust in den Kinderwagen, um dort einzuschlafen. Alles liegt schon griffbereit an der Haustür: Winteranzug, Handschuhe, Windeltasche und Haustürschlüssel. Ab in den Kinderwagen und raus an die frische Luft, dann schläft der kleine Luca ohne Probleme ein.

«Bist du satt, mein Schatz?», flüstert sie ihrem Sohn zu, dann drückt sie ihm einen Kuss auf die Stirn.

Mit schnellen Schritten eilt Lena in den Flur und steht nur wenige Momente später ausgehfertig an der Haustür.

«Thorben? Kommst du jetzt?»

«Moment!»

Ungeduldig bleibt Lena mit dem Kinderwagen im Flur

stehen und wartet einen Moment, dann hört sie raschelnde Geräusche aus dem Wohnzimmer.

«Was machst du denn noch? Der Kleine hat schon die Winterjacke an.»

«Ja, ich komm' gleich. Ich muss noch schnell ins Bad.»

«Meine Güte, das arme Kind kriegt hier einen Hitzestau», murmelt sie genervt, «dann gehe ich schonmal runter.»

Lena schiebt den Kinderwagen durch den Hausflur und drückt seufzend auf den Fahrstuhlknopf. Eigentlich hat sie sich fest vorgenommen, solche Kleinigkeiten im Alltag zu ignorieren, denn abgesehen vom schlechten Zeitmanagement ist Thorben ein bemühter und hingebungsvoller Vater. Oftmals beobachtet Lena im Türrahmen, wie er das Baby auf seiner Brust in den Schlaf singt. Manchmal dreht er sich mit leuchtenden Augen zu ihr und flüstert andächtig: «Luca hat mich gerade wirklich angelächelt, das war kein Zucken». Beim Windelnwechseln legt er ein routiniertes Geschick an den Tag, das andere Väter erst beim zweiten Kind entwickeln. Thorben zeigt eine fürsorgliche Seite von sich, die Lena noch nie zuvor gesehen hat – bloß an seiner übertriebenen Gelassenheit könnte sie manchmal verzweifeln.

«Gut, dann mal raus an die frische Luft», summt Lena.

Sie schiebt den Kinderwagen aus dem Hauseingang und dreht einige Runden auf dem Parkplatz. Dann bleibt sie kurz stehen und schaut zur kleinen Fensterreihe im dritten Stock. Die Silhouette von Thorben ist kurz am Fenster zu sehen und verschwindet wieder.

«Oh, man. Papa lässt sich mal wieder Zeit, was?»

Luca blinzelt ihr müde entgegen und fängt leise an zu quengeln.

«Ist ja gut, wir gehen schon.»

Der Kinderwagen setzt sich in Bewegung und mit jedem Schritt fallen die kleinen Augen ein Stückchen weiter zu. Als Lena das Ende der Straße erreicht hat, schläft der Junge selig in seinem gepolsterten Bettchen. Noch einmal blickt Lena zurück und wartet skeptisch auf ihren Freund, doch die Straße bleibt leer.

«Immer das gleiche», murmelt sie.

Obwohl sich Thorben in seiner Vaterrolle große Mühe gibt, offenbart dieser vermeintlich unbedeutende Moment, wie unterschiedlich die beiden sind. Thorben ist ein besonnener Mensch, der eher in sich gekehrt ist. Sobald sein eigener Rhythmus es erfordert, nimmt er sich alle Zeit der Welt. Lena ist mit ihrer quirligen Art und ihrem hohen Energielevel das genaue Gegenteil davon.

Auch die Freizeitgestaltung des Paares könnte gegensätzlicher nicht sein. Wenn der kleine Luca am Wochenende bei seinen Großeltern ist, dann trennen sich die Wege von Lena und Thorben. Jeder verbringt die kinderlosen Stunden auf seine eigene Art und Weise. Thorben bleibt lieber zu Hause und wäscht in aller Ruhe sein Auto. Lena erkundet währenddessen neue Wanderwege in den Bergen oder verabredet sich mit Freunden zum Fahrradfahren. Oder sie fährt in den Reitstall zu ihrem geliebten Pony, das mittlerweile vierundzwanzig Jahre alt ist. Gelegentlich pumpt Lena schon morgens Milch ab und lässt den Kleinen tagsüber bei Thorben, damit sie mit ihrem Pony ausreiten kann. Thorben kommt gut alleine mit Luca zurecht und freut sich über die gemeinsame Vater-Sohn-Zeit.

Jeder hat sein eigenes Leben und das ist für beide Seiten auch vollkommen in Ordnung. Das gemeinsame Zusammenleben funktioniert wie in einer perfekten WG.

Sogar im Kühlschrank hat jeder sein eigenes Fach: In der unteren Hälfte liegen vegetarische Lebensmittel und frisches Gemüse vom Wochenmarkt, die obere Hälfte ist mit Fertigprodukten und Fleisch befüllt.

«Shhh, weiterschlafen», sagt Lena zu ihrem Sohn.

Behutsam schiebt sie den Kinderwagen die Straße entlang. Sie kommt an einer Bushaltestelle vorbei, an der ein junges Paar sitzt, und schon aus der Entfernung kann sie hören, dass die beiden sich laut streiten. Der Mann fuchtelt wild mit den Händen in der Luft rum, woraufhin die Frau aufspringt und ihm wütend ein Smartphone aus der Hand reißt.

«Oh je, schnell weg», flüstert Lena.

Noch im gleichen Moment wechselt sie die Straßenseite, damit Luca nicht aus dem Schlaf gerissen wird. Aus der Ferne beobachtet sie das Streitgespräch mit einer leichten Faszination. Laute Diskussionen, Unstimmigkeiten, Wut, Missgunst, Verletzungen – all das gibt es zwischen ihr und Thorben nicht. Tatsächlich wundert sich Lena manchmal darüber, dass es in ihrer siebenjährigen Beziehung so selten kracht. Oder genauer gesagt: gar nicht.

Worüber sollte sich das Paar auch streiten? Thorben unterstützt sie in allem was sie tut, und Lena macht ihm das

Leben so angenehm wie möglich. Beide Partner haben ihren eigenen Lebensstil und zirkulieren so weit voneinander entfernt, dass sie sich nirgendwo in die Quere kommen.

Lediglich im Schlafzimmer ist es seit einigen Jahren still geworden, aber das erscheint Lena nach mehreren Beziehungsjahren recht normal. Nur weil sie nicht mehr mit Thorben schläft, bedeutet das nicht, dass die Beziehung schlecht läuft.

Eher im Gegenteil: Die Partnerschaft war schon immer angenehm, gemütlich und unkompliziert. Sogar über die Entscheidung, ein Kind zu bekommen, mussten die beiden nicht lange diskutieren. Oder eher gesagt: gar nicht. Irgendwann ließ das Paar unausgesprochen die Verhütung weg, weil es ohnehin nur noch selten zum Sex kam.

Und nach all den Beziehungsjahren wäre eine Schwangerschaft keine schlimme Sache gewesen.

Als Lena eines Tages tatsächlich schwanger wurde, fühlte es sich an, als würden zwei vertraute Seelen ein neues Abenteuer beginnen. Das Paar freute sich aufrichtig über die aufregenden, aber wahrlich unerwarteten Neuigkeiten. Wie immer verlief alles angenehm und unkompliziert: Lena hatte eine Bilderbuch-Schwangerschaft ohne Symptome und Thorben begleitete sie verlässlich zu jedem Arzttermin.

In der gewohnten Komfortzone erschien es nicht notwendig, über die Zukunft als Liebespaar oder gemeinsame Ziele als Familie zu sprechen. Wozu denn auch? Wie in einem kleinen Bach plätscherte das Leben leise vor sich hin, und ja, damals dachten beide, dass ihre Beziehung auch langfristig ohne intensive Gespräche und leidenschaftlichen Sex auskommen würde. Lena und Thorben gingen vor der Geburt davon aus, dass sie ein Leben lang zusammenbleiben würden.

***

«Guck mal, Thorben, wie findest du die Badewanne? Die passt gut zu unseren neuen Waschbecken, oder?»

Lena zeigt ihrem Freund einige Prospekte und wartet gespannt auf seine Antwort.

«Hmm, joa. Sieht ganz gut aus.»

«Findest du auch? Ich habe letztes Wochenende schöne Armaturen gesehen, willst du mal schauen?»

«Nee, mach' du mal.»

«Hast du dir wenigstens die Fliesenmuster angeguckt?»

Thorben zuckt mit den Schultern und widmet sich wieder seinem iPad.

«Lenchen, ich dachte, solche Dekosachen machen dir Spaß? Du arbeitest gerade eh nicht und hast viel Freizeit.»

«Ich arbeite nicht, weil ich mich um unser Baby kümmern muss», antwortet sie leise und verzieht sich genervt in die Küche.

«Dann frage ich eben gar nicht mehr», flüstert sie.

Die Gestaltung des neuen Hauses ist Thorben scheinbar völlig egal, denkt sie, und die Gespräche über Raumhöhen, Steckdosen und Fußleisten zehren mittlerweile an ihren

Nerven. Lena fühlt sich mit allen wichtigen Entscheidungen, die das neue Zuhause betreffen, vollkommen alleingelassen. Dieser lodernde Konflikt steht nun seit einigen Monaten unausgesprochen zwischen den beiden.

Alles begann mit der Planung des neuen Hauses, denn während der Schwangerschaft musste das Paar feststellen, dass es im Zentrum von Salzburg kaum noch bezahlbaren Wohnraum gab. Lena hatte vor einigen Jahren ein kleines Grundstück von ihrer Großmutter geerbt, das weiter draußen in einer ländlichen Gegend lag. Nach reiflichem Überlegen entschieden sich Lena und Thorben dazu, dort ein Haus zu bauen.

Allerdings ging damit ein unerwartetes Problem einher: Auch wenn beide den Kredit für den Neubau gemeinsam abtragen würden, stünde das Haus noch immer auf Lenas Grund und Boden. Und wem das Grundstück gehört, dem gehört letztendlich auch das Haus. Thorben konnte kein Eigenkapital beisteuern, um Lena einen Teil des Grundstücks abzukaufen.

Nach längerer Recherche schlug er vor, dass sie ihm lebenslanges Wohnrecht zusichern könnte. Dabei zog sich Lena der Magen zusammen – nein, das wollte sie nicht unterschreiben. Wenn die beiden sich eines Tages unverhofft trennen sollten, aus welchen Gründen auch immer, dann könnte er mit seiner neuen Partnerin das Haus besetzen.

Nein, nein, und nochmals nein.

An eine Eheschließung war ebenfalls nicht zu denken, denn schon im ersten Beziehungsjahr sagte Thorben klar und deutlich, dass er nicht heiraten wollte. Es lag nicht an

Lena, sagte er, sondern eher am veralteten Konzept der Ehe. Lena akzeptierte seine Entscheidung damals und machte sich nichts weiter daraus, obwohl sie in ihrer Zukunft durchaus eine Hochzeit gesehen hatte. Aber wenn Thorben generell nicht heiraten wollte, dann konnte sie ihn nicht dazu zwingen.

Kein Eigenkapitel, kein lebenslanges Wohnrecht, keine Hochzeit: Wie sollte das neue Haus finanziert werden? Die letztendliche Einigung bestand darin, dass Lena den Kredit für den Hausbau alleine übernahm und Thorben monatlich eine kleine Miete zahlte. So konnte er Lena finanziell entlasten und irgendwann würde das Haus ohnehin seinem Sohn gehören.

«Mensch, das sind blöde Gedanken», sagte Lena vor der Vertragsunterzeichnung zu einer Freundin, «dass man als Paar jetzt schon an eine Trennung denkt.»

Ihre Freundin Margit zuckte nur mit den Schultern.

«Ach was, Lena! Nach deiner Elternzeit schuftest du wieder von morgens bis abends in der Agentur. Das ist dein gutverdientes Geld. Und so ist das halt in Beziehungen: Man muss auch über unangenehme Dinge sprechen.»

In jenem Moment wurde Lena bewusst, dass sich seit der Hausplanung etwas Grundlegendes in ihrer Beziehung verändert hatte: Die feinsäuberlich abgegrenzten Lebensbereiche überschnitten sich. Zum ersten Mal musste sie mit Thorben gezwungenermaßen über schwierige Themen sprechen – und diese Diskussionen waren weit entfernt vom gemütlichen Alltagstrott und den lustigen Kuscheleinheiten mit Luca. Lena und Thorben erkannten schnell, dass sie kein eingespieltes Team waren, wenn es um finanzielle Belange, Gehälter, Eigenkapital, Erbschaft und eine mögliche Trennung in naher oder ferner Zukunft ging. Plötzlich verlor die Beziehung ihre angenehme Selbstverständlichkeit und das fühlte sich gar nicht gut an.

Der Knoten schnürte sich seit der Vertragsunterzeichnung immer fester zusammen, bis zum heutigen Tag, an dem sich Thorben weder für Badewannen noch für Fensterbänke im neuen Haus interessiert.

«Willst du einen Tee?», ruft Lena patzig aus der Küche.

«Nein, danke», hallt es zurück.

Noch immer streiten sich die beiden nicht verbal, vielmehr liegt eine gereizte Stimmung in der Luft. Die Nerven liegen blank, doch Lena kann einfach nicht mit ihm darüber sprechen. Wie auch, nach so vielen Jahren?

Sie fühlt eine dumpfe Traurigkeit in sich aufsteigen und gießt das heiße Wasser stillschweigend in die Teekanne.

Thorben, warum interessierst du dich nicht für unser Haus?

Bist du sauer, weil ich die Finanzierung auf dem Papier selbst mache?

Lässt du mich mit allem alleine, weil du nicht im Grundbuch stehst?

Doch Lena stellt keine dieser Fragen, denn die beiden scheinen emotional zu weit voneinander entfernt zu sein, als dass ein solches Gespräch überhaupt möglich wäre.

Wenn man jahrelang nebeneinander her lebt, dann verliert man irgendwann die Muße, solche Fragen zu stellen. Lena befürchtet zudem, dass er einfach nur nicken und nicht weiter nachfragen würde. Und selbst wenn es zu einem ernsten Gespräch käme: Wozu der ganze Stress, wenn es immer irgendwie weiterläuft? Nach einigen Tagen verziehen sich die dunklen Wolken wieder und das Leben plätschert gemächlich vor sich hin.

Außerdem gibt es noch einen weiteren triftigen Grund für die stille Akzeptanz, und dieser Grund bedeutet Lena mehr als alles andere auf der Welt. Sie muss ohnehin mit Thorben zusammenbleiben, weil die beiden ein Baby haben. Sie hat gar keine andere Wahl, als in diesen – wie sie immer deutlicher bemerkt – eingefahrenen Strukturen zu verharren.

Oder etwa doch?

In den darauffolgenden Wochen wird Lena immer unzufriedener mit ihrer Beziehung. Sobald Thorben abends von der Arbeit kommt, zieht sich ihr Magen zusammen und sie spürt, dass etwas zwischen den beiden in der Luft liegt. Das Paar ist dauerhaft genervt voneinander und zickt sich wegen Belanglosigkeiten an. Insgeheim fragt sich Lena, ob das neue Haus den Konflikt heraufbeschworen hat. Womöglich brodelt diese Unzufriedenheit auch schon seit längerer Zeit in ihrem Unterbewusstsein.

Mit jedem weiteren Tagesanbruch dringt die Taubheit in der Beziehung weiter an die Oberfläche und Lena kann rein gar nichts dagegen tun.

Wilde Gedankenfetzen fliegen durch ihren Kopf, wenn sie nicht gerade mit dem kleinen Luca beschäftigt ist.

Hätten sich die beiden schon längst trennen sollen? Schon vor vielen, vielen Jahren?

Ist es nicht gemein, solche Gedanken zu haben, wenn aus der Beziehung ein so wundervoller Junge entstanden ist?

Ist sie eine schlechte Mutter, weil sie die Beziehung mit dem Vater ihres Kindes hinterfragt?

Schon seit mehreren Jahren lebt das Paar in einer WG-ähnlichen Situation miteinander, und abgesehen von der Stille im Schlafzimmer gibt es auch ansonsten keinen Körperkontakt mehr. Während der Schwangerschaft hat Thorben zwar liebevoll ihren Bauch gestreichelt, aber seit der Geburt dreht sich alles nur noch um das Baby. Lena und Thorben kuscheln beim Fernsehen nicht auf der Couch und nehmen sich auch sonst nicht in den Arm.

Was sich über viele Jahre hinweg angenehm und bequem anfühlte, wird Lena nun zum Verhängnis – und ihr wird bewusst, dass sie dafür einen großen Preis bezahlen muss. Die Beziehung mit Thorben ist mittlerweile so eingefahren, dass die beiden den entscheidenden Moment verpasst haben, in dem sich zwei liebende Menschen in gute Freunde verwandeln.

Und warum sollte man an der Oberfläche kratzen, wenn sich darunter nur noch gähnende Leere befindet?

Lena ist entscheidungsgelähmt und verzweifelt an der Frage, welcher Weg der richtige ist. An einigen Tagen ist sie kurz davor, sich von Thorben zu trennen, aber sie will ihrem Sohn keine Trennung zumuten. Er soll in einer heilen Familie aufwachsen. Zudem bauen sie gerade gemeinsam ein Haus, ein gemütliches Familiennest für die Zukunft.

Dennoch weiß Lena eines: Nur wegen ihrer Mutterschaft will sie nicht in einer Beziehung bleiben, die sie tiefunglücklich macht. Wer entscheidet darüber, was für die Mutter eines kleinen Kindes noch «angemessen» oder schon «egoistisch» ist?

Womöglich ist es unvermeidbar, sich aus der Partnerschaft zu lösen, auch wenn die beiden ein Baby haben. Abgesehen von ihrer Mutterrolle ist Lena nämlich noch etwas anderes: eine Frau mit Wünschen, Bedürfnissen und Zukunftsträumen.

***

«Es tut mir leid, dass Rigo gestorben ist», sagt Thorben und wirft seiner Freundin einen mitfühlenden Blick zu.

Lena kauert auf dem gefliesten Wohnzimmerfußboden und weint um ihr geliebtes Pony, das nach fünfundzwanzig Jahren verstorben ist. Das Paar wohnt seit drei Monaten im neuen Haus und der kleine Luca hat gerade seinen zweiten Geburtstag gefeiert.

«Ich habe nicht gedacht, dass Rigo so schnell stirbt», schnieft Lena, «ich dachte, das passiert erst in den nächsten Jahren. Aber doch nicht ohne Abschied! Er war ja schon tot, als ich in den Stall gekommen bin.»

Stillschweigend blickt sie zu Thorben hoch, der am Wohnzimmertisch lehnt, doch es folgt keine Reaktion.

«Ja, das ist nicht schön», murmelt er hilflos.

Lena fühlt sich missverstanden und einsam. Thorben weiß, dass dieses Pony sie über Jahrzehnte hinweg durch alle Lebenslagen begleitet hat. Sie wünscht sich einfach nur, in den Arm genommen zu werden, doch Thorben setzt sich nicht einmal zu ihr.

«Wollen wir gleich was essen?», fragt er beiläufig.

«Was--», stottert Lena, «ich kann doch jetzt nicht--»

Sie vergräbt ihr Gesicht in den Handflächen und fängt bitterlich an zu weinen.

Nach jedem Atemzug folgen weitere Schluchzer, auch wenn die Luft schon längst aufgebraucht ist, und heiße Tränen rinnen über ihr Gesicht.

Lena weint um ihr geliebtes Pony, das seit ihrer Kindheit ihr bester Freund war und ohne Abschied aus ihrem Leben verschwunden ist. Sie weint aus Ungläubigkeit, Verzweiflung und Wut, weil ihr Freund sie in dieser schlimmen Situation nicht halten kann, weder körperlich noch emotional. Thorben bemüht sich zwar, seine Anteilnahme zu zeigen, aber gedanklich ist er ganz woanders.

«Ich schau' nach Luca», sagt sie schluchzend und rappelt sich auf, dann flüchtet sie in die obere Etage.

Nein, denkt sie, sie kann das alles nicht länger aushalten. Es läuft nichts mehr rund, außer die gemeinsame Kindererziehung. Mit dem Tod ihres Ponys ist noch etwas anderes gestorben: die Geduld, noch länger in einer Partnerschaft zu verweilen, die schon seit vielen Jahren keine echte Beziehung mehr ist.

Am nächsten Morgen bringt Lena den kleinen Luca zu ihrer Mutter, um in aller Ruhe mit Thorben zu sprechen. Sie setzt sich mit glasigen Augen neben ihn und räuspert sich.

«Thorben», sagt sie zögerlich, «ich muss mit dir reden.»

«Hm? Was ist denn?»

«Ich glaube, wir haben uns auseinandergelebt.»

«Was meinst du damit?», fragt er skeptisch.

«Guck' doch mal, wie wir zusammenleben. Das ist nicht normal. Ich kann das nicht mehr und ich will das auch nicht mehr. Unsere Beziehung ist schon lange kaputt.»

«Was stört dich denn auf einmal daran? Für mich hat sich nichts verändert.»

Thorben schaut sie fragend an, dann schiebt er schnell hinterher:

«Klar läuft das bei uns nicht mehr so leidenschaftlich wie früher, aber das ist normal, oder? Das war doch schon immer so.»

«Würde dir das denn reichen? Für immer?»

«Hm... ja, ich dachte schon, dass wir für immer zusammenbleiben, vor allem wegen dem Kleinen.»

«Aber es gibt so viele Probleme», flüstert Lena mit Tränen in den Augen, «und wir leben eigentlich schon getrennt. Wir essen nichtmal zusammen. Findest du das nicht komisch? Gibt es irgendwas, was wir gemeinsam haben, außer Luca?»

«Wir sind nunmal verschieden, Lena, aber mich stört das nicht. Meinst du das ernst? Willst du dich trennen? Sind wir wirklich so weit gekommen?»

Lena wischt sich eine Träne aus dem Augenwinkel und nickt zögerlich. Wenn man sich nach einem anderen Partner sehnt, denkt sie, dann ist man schon weit darüber hinaus. In diesem heiklen Moment kann Lena nicht laut aussprechen, dass sie sich heimlich in einen anderen Mann verliebt hat. Obwohl noch nichts passiert ist, würde das eine schlimme Trennung nach sich ziehen – und das würde dem Kind nicht guttun.

***

Völlig unerwartet verliebte sich Lena eines Tages in einen Mann, den sie schon mehrere Jahre kannte: ihren Hufschmied.

Schon seit ihrer Kindheit war der Reitstall ihr zweites Zuhause und ein bedeutender Teil ihres Lebens. Lena fuhr abends nach stressigen Arbeitstagen zum Reitstall, um den Tag hinter sich zu lassen, und während der Schwangerschaft ritt sie bis in den siebten Monat weiter, weil sie es so sehr liebte. Sogar am Tag vor der Geburt ging sie noch gut gelaunt mit ihrem Pony spazieren. Nach der Geburt ließ sie den kleinen Luca entweder bei ihrer Mutter oder bei Thorben, um auch weiterhin möglichst viel Zeit im Reitstall zu verbringen. Die Ausritte in die Natur hielten sie geistig und körperlich fit.

Etwa einmal im Monat kam der Hufschmied in den Stall, um die Pferde zu beschlagen. Über die Jahre hinweg freut sich Lena jedes Mal, wenn seine Termine sich zufällig mit ihren Reitstunden überschnitten. Als er eines Tages ihr Pony aus dem Stall holte und seine Ärmel hochkrempelte, bemerkte Lena, dass sich etwas verändert hatte. Obwohl er ein wortkarger Mann war, fühlte sie sich plötzlich zu Jakob hingezogen.

Beim nächsten Mal lächelte sie ihn etwas eindringlicher an und flirtete vorsichtig mit ihm. Die beiden tranken gemeinsam einen Kaffee in der kleinen Stallküche.

Die Freude beim Wiedersehen verwandelte sich über Monate hinweg in eine flüchtige Freundschaft, dann in Aufregung, Bauchkribbeln, Nervosität und irgendwann in sprühende Verliebtheit. Und dann hörte Jakob eines Tages von einer anderen Reiterin, dass sich Lena gerade von ihrem Freund getrennt hatte.

Nach mehreren anregenden Gesprächen in der Stallküche schlug Jakob vor, dass die beiden abends einen Cocktail trinken könnten. Er wusste, dass Lena aus einer langen Beziehung kam und einen kleinen Jungen zuhause hatte, aber das machte ihm nichts aus. Lena nickte begeistert und fuhr abends mit klopfendem Herzen in die Stadt.

Sie bat ihre Mutter darum, abends auf Luca aufzupassen.

An jenem Abend berührten sich die Hände von Lena und Jakob erst rein zufällig und dann mit voller Absicht. Als die beiden quietschvergnügt mit dem Taxi in die nächste Bar fuhren, verfielen sie in einen langen Kuss. Sie zogen die ganze Nacht von Bar zu Bar, während sie lachten, tranken und sich leidenschaftlich küssten. Lena konnte sich nicht dagegen wehren, obwohl sie wusste, dass man sie in diesem belebten Viertel von Salzburg durchaus sehen könnte. Frisch getrennt, ein zweijähriges Kind zuhause – na und?

Es kam ihr beinahe vor, als hätte man sie aus einem traurigen Traum herausgerissen und in ein anderes Leben hineingeworfen. Seit einer Ewigkeit hatte sie sich nicht mehr so lebendig gefühlt und sie war überwältigt von all der Leidenschaft, die scheinbar noch in ihr schlummerte.

Nach einigen Tagen schrieb Jakob ihr erneut, und die beiden trafen sich in einem Restaurant in der Altstadt. In der darauffolgenden Woche brachte Jakob eine Flasche Rotwein in den Stall und sie verbrachten den Abend damit, auf Heuballen über die Pferde, die umherliegenden Berge und den Sinn des Lebens zu reden.

Lena wusste nicht, wie sie das Geschehen einordnen sollte. Sie sah lediglich zwei verliebte Menschen, die vollkommen auf der gleichen Wellenlänge waren und sich aufrichtig für die Gedanken, Launen und Emotionen des anderen interessierten. Mit Jakob konnte sie ganz offen und leichtmütig über alles sprechen, was ihr durch den Kopf ging.

Das Verhältnis war zwar alles andere als harmonisch, aber Lena fand ein wundervolles Lebensgefühl wieder, von dem sie gar nicht wusste, dass es noch existierte. Alles war leidenschaftlich und emotional. Es gab viele Unstimmigkeiten und es krachte mehrmals heftig. Die beiden diskutierten stundenlang miteinander, doch irgendwann vertrugen sie sich wieder und schliefen Arm in Arm ein.

Und so entwickelte sich über mehrere Monate hinweg ganz unbemerkt eine Beziehung, die surreal, emotionsgeladen und wunderschön war. Wenn Luca am Wochenende bei Thorben oder bei seinen Großeltern war, fuhren Lena und Jakob in die Berge. Die anfängliche Verliebtheit verwandelte sich zunehmend in etwas Größeres, das Lena noch nicht auszusprechen vermochte. Immerhin hatte sie sich erst vor kurzer Zeit vom Vater ihres Kindes getrennt.

***

Es dauerte einige Monate, bis Thorben nach der Trennung eine eigene Wohnung in Salzburg gefunden hatte. Seine monatlichen Mietzahlungen fielen zwar weg, aber durch ihren Vollzeitjob und die Unterstützung ihrer Eltern konnte Lena den Kredit alleine abbezahlen. Für ihre Vorsicht bei der Vertragsregelung war sie im Nachhinein unendlich dankbar.

Während der Trennung drehte sich alles um den kleinen

Luca, der mittlerweile drei Jahre alt war. Lena und Thorben erfuhren von einem Seelsorger, dass sie dem Jungen nicht sagen sollten, dass sie sich «nicht mehr lieb» hatten. Kleine Kinder würden diese Aussage häufig damit gleichsetzen, dass die Liebe zu ihnen auch verschwindet. Und so brachten sie ihrem Sohn schonend bei, dass sie sich getrennt hatten.

«Mama und Papa streiten zu viel», sagten sie, «auch wenn du es nicht hörst, Luca, wir streiten uns leise.»

Bei der Sorgerechtsregelung waren keine Anwälte oder gerichtliche Vereinbarungen nötig. Einzig und allein in dieser Hinsicht war das zuverlässige, freundschaftliche Verhältnis ein großer Vorteil. Thorben freute sich über Lenas Vorschlag, dass Luca jedes zweite Wochenende von Donnerstag bis Sonntag bei ihm bleiben könnte.

Die heimliche Beziehung zu Jakob wandelte sich im Laufe der Zeit zu einer festen Beziehung. Als sich das Jahr dem Ende zuneigte, buchte Lena den ersten gemeinsamen Urlaub zu dritt. Sie suchte nicht nach einem Ersatz-Papa für Luca, denn Thorben war auch nach der Trennung ein wundervoller und hingebungsvoller Vater. Dennoch war es ihr wichtig, dass Jakob ihren Sohn besser kennenlernte.

Lena ging davon aus, dass im Urlaub schon alles gutgehen würde, denn Luca war ein umgängliches Kind. An der italienischen Küste gab es viel Platz zum Spielen und Herumtollen. Jakob und Luca könnten Sandburgen bauen und gemeinsam kleine Boote steuern – was sollte da schon schiefgehen?

Tatsächlich spielten die beiden gelegentlich miteinander, aber dennoch verlief die Annäherung nicht so, wie Lena es sich erhofft hatte. Für Jakob war es äußerst ungewohnt, seine Partnerin plötzlich zu teilen, denn in Salzburg war Luca entweder bei seinem Vater oder bei seiner Oma. Bislang kannte Jakob nur die entspannten Wochenenden, an denen die beiden Tanzkurse machten oder stundenlang im Bett blieben. Die Zeit zu zweit war aufregend und romantisch – aber Lena war nun einmal nicht zu zweit.

Obwohl die neue Beziehung mit Jakob überaus glücklich verlief, bemerkte Lena nach einigen Monaten, dass er den Jungen nicht an sich heranließ. Jakob sagte vor Ausflügen am Wochenende niemals «Komm', lass uns Luca mitnehmen» oder kam morgens zu ihr, um vor dem Kindergarten mit Luca zu frühstücken. Er schien eine innere Blockade zu haben, denn er behandelte Luca immer mit einer gewissen Distanz oder ging ihm gänzlich aus dem Weg.

Nur einmal gab es einen Moment, in dem sich Jakob so verhielt, wie Lena es sich gewünscht hatte. Während eines Ausflugs in den Zoo nahm er die Hand von Luca und ging mit ihm von Gehege zu Gehege. Liebevoll erklärte er dem kleinen Jungen, welche Tiere sie gerade anschauten, danach füllten die beiden lachend ein Kinder-Zoo-Quiz aus. Lena bekam Gänsehaut bei dem Anblick, denn das Herz ihres neuen Freundes war plötzlich weit offen. Gleichzeitig bemerkte sie, dass es noch nie zuvor so gewesen war.

Schon bald fand Lena heraus, warum Jakob sich so verhielt. Nach mehrmaligem Nachfragen erzählte er, dass sein Vater nicht sein leiblicher Vater war. Jakob spürte schon in seiner Kindheit, dass dieser Mann ihn lieblos behandelte und häufig missachtete. Sein kleiner Bruder wiederum, der leibliche Sohn, wurde bedingungslos geliebt und erhielt ein Leben lang alle Vorzüge.

Jakob gestand Lena im nächsten Atemzug, dass er Angst hatte, in die gleiche Rolle zu verfallen. Beim Anblick von Luca kamen schmerzhafte Erinnerungen aus seiner Kindheit wieder hoch. Er wollte den Jungen nicht abschätzig behandeln, sagte er, und daher ging er ihm lieber aus dem Weg. Auf keinen Fall wollte er dem kleinen Luca das Gefühl geben, weniger wert zu sein, darunter hatte er in seiner eigenen Kindheit viel zu stark gelitten. Und so bestand für Jakob die einzig sinnvolle Lösung darin, sich von Luca zu distanzieren.

In diesem Moment konnte Lena nur noch nicken und zuhören. Sie wusste, dass Jakob ihren Sohn niemals in sein Herz schließen würde, und es gab etwas, das ihr wichtiger war als jede Beziehung: das Wohlergehen ihres Kindes. Sie wusste, dass sie sich schweren Herzens von Jakob trennen musste.

Für eine liebende Mutter kommt das Kind immer zuerst, auch wenn das bedeutet, die große Liebe gehen zu lassen. Lena wollte nicht noch einmal den gleichen Fehler machen und zu lange in einer Beziehung bleiben, die dem Untergang geweiht war.

Und so zerbrach diese wunderschöne, aufregende und irrwitzige Beziehung nach einem tränenreichen Trennungsgespräch. Im Gegensatz zur ersten Trennung weinte Lena viele Tage und Nächte um die gescheiterte Liebe. Sie boxte nachts wütend in ihr Kissen und schrie vor Sehnsucht.

Als Mutter musste sie einen schweren Drahtseilakt vollziehen und es war nicht immer leicht: Die dysfunktionale Beziehung mit Thorben wurde durch das Kind lange zusammengehalten, während ihre aufrichtige Liebe zu Jakob daran zerbrach.

***

«Komm her, Luca! Schau' doch mal, der Ausblick!»

«Boah, Mama, wir sind aber weit gelaufen», sagt der Junge beeindruckt.

Luca greift nach der Hand seiner Mutter und zupft an ihrem Ärmel. Er ist mittlerweile sechs Jahre alt.

«Mama, können wir eine Pause machen? Ich habe soo Hunger.»

Lena lächelt und schnürt sich den Rucksack ab, dann breitet sie am Rande des Wanderweges eine große Decke aus. Für einen Moment versinkt sie im Anblick des gewaltigen Gebirges. Sie zieht viel Kraft daraus, mit ihrem Sohn in der Natur zu sein und einfach nur in den Sonnenuntergang zu schauen.

Die Trennung von Jakob ist mittlerweile eineinhalb Jahre her, und seitdem hatte Lena viel Zeit zum Nachdenken. Obwohl sie seit ihrer Jugend von einer Beziehung in die nächste geschlittert ist, wurde ihr nach der letzten Trennung bewusst, was sie wirklich brauchte: mehr Zeit mit sich allein. Dieses Alleinsein hat dazu beigetragen, dass sie über die vergangenen Jahre sinnieren und ihre Wunden heilen lassen konnte. Zudem hat Lena erkannt, dass es einen Unterschied zwischen «einsam» und «alleine» gibt.

«Zum Glück wohnen wir nahe an den Bergen, Mama!», sagt Luca.

Er lässt sich erschöpft neben ihr auf die Decke fallen und wartet einen Moment, ehe er sich ein eingepacktes Sandwich nimmt.

«Ja, wir kommen zumindest mal raus», sagt Lena.

Wegen der grassierenden Corona-Pandemie können Mutter und Sohn nur noch mit dem Auto verreisen. Die beiden fahren beinahe jedes zweite Wochenende in die Berge, wenn Luca nicht bei seinem Vater schläft.

An den freien Wochenenden nimmt sich Lena bewusst Zeit für sich selbst. Sie ist sich gewahr darüber, dass sie als alleinerziehende Mutter enorm viel Glück hat, mit zwei liebevollen Großeltern und einem Ex-Freund, der noch immer ein hingebungsvoller Vater ist. Ihre verheirateten Freunde beneiden sie sogar darum, dass sie jedes zweite Wochenende ins Auto steigen und Skifahren kann.

Einige Menschen, die sie kurz vor der Corona-Pandemie kennengelernt hat, glaubten ihr anfangs nicht, dass sie Mutter ist.

Was, du hast ein Kind? Das hätte ich niemals gedacht.

Du kletterst doch auf Berge und machst andauernd Yoga.

Auch beim Dating stellte Lena fest, dass sie nicht in das typische Klischee einer alleinerziehenden Mutter passt. Allerdings musste sie erkennen, dass viele Männer vor einer Frau mit Kind zurückschrecken. Die wenigen Männer, die sie nach der Trennung von Jakob traf, reagierten extrem überrascht, teilweise sogar schockiert. Nur ein einziger sagte: «Ach, das macht mir nichts aus. Ich mag Kinder!» Und sogar Männer, die einen starken Kinderwunsch hatten, sagten ihr, dass sie das Kind selbst zeugen wollten.

Bis zum heutigen Tag findet Lena es schade, dass sie als alleinerziehende Mutter immer darauf hoffen muss, dass der Mann nicht davonrennt.

Warum ist es so schwer, beides zu sein: eine hingebungsvolle Mutter und eine glückliche Liebhaberin?

Es gibt viele Fragen, die Lena als alleinerziehende Mutter noch nicht für sich beantworten konnte. Wann ist der beste Zeitpunkt, um den neuen Partner und das Kind einander vorzustellen? Nach einem Monat? Oder erst nach sechs Monaten?

Natürlich will Lena ihren geliebten Luca nicht mit bedeutungslosen Bekanntschaften überfordern, andererseits kann sie ihr Herz in der neuen Beziehung erst öffnen, wenn sich der neue Partner mit ihrem Sohn versteht.

«Schau mal, Mama», ruft Luca plötzlich, «die Frau dahinten sieht aus wie du.»

Lena dreht sich um und sieht eine kleine, zierliche Frau an der nächsten Ecke. Sie trägt schwarze Wanderschuhe und einen knallroten Fleecepullover, genau wie sie.

«Ha! Das tut sie wirklich», lacht Lena und wuschelt ihrem Sohn durchs Haar.

Die fremde Frau wandert mit zwei Jungen an ihr vorbei und wirft ihr ein müdes, aber zufriedenes Lächeln zu.

«Na, auch mit dem Nachwuchs unterwegs? Dann noch viel Kraft und Durchhaltevermögen!», ruft sie freundlich.

Lena lächelt zurück und schaut ihr nachdenklich hinterher. Vielleicht möchte sie eines Tages auch nochmal Mutter werden, denkt sie, wenn die Zeit es noch zulassen sollte. Dann hätte Luca ein kleines Geschwisterchen.

Durch ihre vergangenen Beziehungen weiß Lena ganz genau, was für ein Partner dafür infrage käme. Sie würde kein zweites Date mit einem Mann vereinbaren, der keine sportlichen Interessen hat oder seine Wochenenden lieber auf der Couch verbringt. Vielleicht kommt dieser neue Partner schon in wenigen Wochen, vielleicht aber auch erst in ein paar Jahren.

Die zahlreichen Lektionen aus den letzten Beziehungen werden ihr vieles erleichtern, das weiß Lena jetzt schon. Zudem kann sie mit all ihrer sprühenden Energie, die von Thorben gedämpft und von Jakob zu stark erhitzt wurde, endlich ihren eigenen Träumen nachgehen.

Momentan macht Lena eine Weiterbildung zur Yogalehrerin, ein starker Kontrast zu ihrem vorherigen Job in der Werbebranche. Danach will sie eine Ausbildung zur Bergführerin abschließen und sich selbstständig machen. Ihr Traum wäre es, kleine Gruppen durch die Berge zu führen und an Aussichtspunkten ihre Yogastunden zu geben.

«Mama! Guck mal!».

Nach dem Rufen hört sie nur noch die trappelnden Füße ihres Sohnes und sonst gar nichts mehr. Der Wanderweg hinter ihnen ist vollkommen leer und für einen Moment scheint die ganze Welt den Atem anzuhalten.

Absolute Stille.

Lena blinzelt gegen die Abendsonne und atmet die frische Bergluft ein. Nein, sie braucht keinen Mann, um sich ein wundervolles Leben zu erschaffen. Gemeinsam mit ihrem kleinen Wuschelkopf hat sie unzählige aufregende Jahre vor sich, die mit Liebe erfüllt sein werden.

Falls sich der Himmel doch einmal verdunkelt, dann weiß Lena, dass sie nur ein kleines Stückchen weiterklettern muss. Irgendwann lässt sie die dunklen Wolken hinter sich und dann offenbart sich darüber der grenzenlose Himmel in einem leuchtenden Blau.

Und es gibt für Lena nichts Besseres, als in diesen Himmel zu schauen und über ihre Träume zu sinnieren. Vielleicht gibt sie schon bald ihre erste Yogastunde, genau hier an dieser Stelle. Hoch oben in den Bergen, weil die Aussicht so atemberaubend schön ist.

X

Das geheime letzte Kapitel

Liebe Leserin, das Buch neigt sich nun langsam dem Ende zu. Bevor sich unsere Wege wieder trennen, möchte ich als Protokollantin und Autorin dieses Buches noch einige persönliche Gedanken mit Dir teilen.

Diese neun Erzählerinnen haben ihr Herz geöffnet und ihre Emotionen geteilt, obwohl es ihnen gelegentlich schwergefallen ist. Während der Gespräche sind Tränen geflossen, entweder aus einer überschwänglichen Freude oder einer dunklen Traurigkeit heraus. In einigen Momenten wurde ich gefragt, ob die ausgesprochenen Gedanken wirklich nicht «unnormal» oder «peinlich» seien. Oftmals hakten die Frauen nach, ob ihre scheinbar unwichtigen Alltagssorgen wirklich für die Geschichte relevant seien. Jedes Mal gab ich meinen Erzählerinnen die gleiche Antwort: «Nein. Du sprichst einfach nur aus, was wirklich passiert ist. Nicht mehr, und nicht weniger.»

Dann habe ich schon die nächste Frage gestellt und diese wunderbaren Frauen weitererzählen lassen. Sie wussten, dass alles vollkommen anonym bleiben würde, wenn sie es so wünschen. Mehrere Mütter sagten mir danach, dass es ihnen guttat, einfach mal ganz «egoistisch» über sich selbst zu sprechen. Ohne den ständigen Reflex, eine Gegenfrage stellen zu müssen, um höflich und zuvorkommend zu sein. Ohne das Gefühl, eine schlechte Zuhörerin oder eine miese Freundin zu sein.

Einfach nur reden, reden und nochmals reden.

Nicht nur für mich, sondern auch für die Erzählerinnen war es eine besondere Erfahrung, sich in einem geschützten Raum über ihre intimsten Gedanken auszutauschen.

Durch die Reflexion konnten die Mütter in Gedanken zurückwandern und neue Dinge wahrnehmen, die bislang im Unterbewusstsein vergraben waren.

Eine Mutter erzählte mir, dass sie nach dem Gespräch den ganzen Nachmittag weinen musste, weil sie sich befreit und erleichtert fühlte. Etwas in ihr hatte sich gelöst, der schmerzhafte Knoten war endlich geplatzt.

Eine andere suchte danach mit ihrem Partner das offene Gespräch, um zu fragen, wie er das Geschehen damals wahrnahm. Zwei Mütter verglichen das Interview mit einer therapeutischen Erfahrung, die schon lange überfällig gewesen sei.

Zwischendurch kam auch die Nachfrage: «Sag mal, rede ich zu viel? Meinst du wirklich, dass das jemanden interessiert?»

Daraufhin habe ich den unausgesprochenen Folgesatz nur im Geiste gehört: «Meinst du wirklich, dass *meine* Erfahrungen so besonders wertvoll und wichtig für diese Welt sind?» Und wieder gab ich all meinen Erzählerinnen die gleiche Antwort: «Du gehörst zu den mutigsten Frauen, die ich kenne. Und du wirst sehr, sehr vielen Frauen mit deinen ehrlichen Worten helfen.»

Als Autorin habe ich diesen ungefilterten Austausch über alle Maße genossen und war häufig zu Tränen gerührt. Nach jeder Gesprächsrunde und der Absegnung der finalen Geschichte lag etwas Magisches in der Luft.

Es kam mir vor, als hätte mich das Leben absichtlich zu jeder Frau geführt, damit wir genau diese Geschichte mit dieser ganz bestimmten Botschaft gemeinsam aufs Papier bringen. Nichts wurde frei erfunden, maßlos übersteigert oder hinzugedichtet. Nur kleine Rahmenbedingungen wurden zum Schutz der Erzählerinnen leicht abgeändert.

Bis zum heutigen Tage finde ich es erstaunlich, welche Geschichten das wahre Leben erzählt, sobald man sich geduldig hinsetzt und aufmerksam zuhört. Zudem ist es beeindruckend, was wir Frauen erreichen können, wenn wir uns gegenseitig anhören, unterstützen und gemeinsam mit offenem Herzen vorwärts gehen.

Als eine Mutter mir davon berichtete, dass sie den ersten Entwurf ihrer Geschichte einigen Freundinnen vorgelesen und damit ein Gespräch ausgelöst hatte, bekam ich eine neue Idee. Begleitend zu diesem Buch wollte ich einen Ort schaffen, an dem sich Frauen freimütig und authentisch über ihre Mutterschaft austauschen können. Nicht nur über die Kurzgeschichten in diesem Buch, sondern auch über andere Themen, die in den Medien zu wenig Gehör erhalten. Es sollte ein sicherer Hafen sein, fernab von Verurteilung, Hohn, Mobbing oder spitzen Social-Media-Kommentaren. Nicht in einer öffentlichen Facebook-Gruppe, sondern in einem gemütlichen digitalen «Wohnzimmer». Warum auch dieses ständige Vergleichen in den sozialen Medien? Wenn der mütterliche Instinkt in eine bestimmte Richtung weist, gibt es kein «falsch» oder «richtig». Jede Frau ist auf ihre eigene Art und Weise die beste Mutter der Welt.

Kommen wir nun zum Ende der Geschichte: Diesen sicheren Hafen haben wir auf mamadubistnichtallein.com für Dich erschaffen. Wenn Du möchtest, dann sehen wir uns dort wieder. Du findest im Forum verschiedene Räume rund um Wissensaustausch («Hurra, mein Baby schläft endlich») und zur Organisation von Spielkreisen. Ganz wichtig ist auch der Mama-Mecker-Raum, damit Du ungeschönt rauslassen kannst, wie anstrengend die letzte Nacht war. Alleinerziehende und berufstätige Mamas haben die Möglichkeit, ihre besten Tipps und Tricks zu teilen. Du kannst dabei selbst entscheiden, ob Du anonym bleiben möchtest oder nicht.

Das geheime letzte Kapitel ist nicht nur eine Metapher für das Forum, in dem Du alle Kurzgeschichten diskutieren und Deine eigenen Geschichten erzählen kannst. Es gibt wirklich ein weiteres geheimes Kapitel – und auch das findest Du online.

Nun bedanke ich mich bei dir, liebe Leserin, für diese wundervolle gemeinsame Lesereise. Ich hoffe, dieses Buch hat Dir gezeigt, dass Du eine großartige Mutter bist, auch wenn nicht immer alles nach Plan verläuft. Und was auch immer du durchlebst, denke daran: Millionen von Frauen wandern auf diesem wunderschönen, aber steinigen Weg mit dir. Manche davon siehst Du am Horizont in weiter Ferne, andere bei einem Blick über die Schulter. Wiederum andere Mütter sind direkt neben dir und halten Schritt mit Deinem Tempo. Strecke Deine Hand aus, denn jemand ist immer in unmittelbarer Nähe.

Du bist nicht allein.

www.mamadubistnichtallein.com

@mama.du.bist.nicht.allein

@Mamadubistnichtallein

Wie haben Dir die Geschichten gefallen?
Die Erzählerinnen und die Autorin freuen sich
über Dein Feedback auf Amazon!